JN062188

わたしは大統領の奴隷だった

ワシントン家から逃げ出した奴隷の物語

エリカ・アームストロング・ダンバー
キャサリン・ヴァン・クリーヴ〔著〕
渋谷弘子〔訳〕

目次

読者のみなさんへ　6
まえがき　―逃亡―　8
第一章　オーナはいつ、どのように生まれた？　12
第二章　マウントバーノンで育って　19
第三章　生まれたばかりの新しい国　26
第四章　選ばれた奴隷　35
第五章　はじめての北部　42
第六章　運命を変えた町　50
第七章　ニューヨークの生活　61
第八章　大統領の病気　66
第九章　だれの許可もいらない人生　75
第十章　奴隷制度をめぐって　81
第十一章　ふりまわされる奴隷たち　89
第十二章　世界中が変わり始める　94
第十三章　伝染病であぶりだされたもの　100

目次

第十四章　孫娘（まごむすめ）の願い　105
第十五章　オーナに求められていること　110
第十六章　逃亡（とうぼう）計画　114
第十七章　逃亡（とうぼう）　119
第十八章　十ドルの報奨金（ほうしょうきん）　125
第十九章　見覚えのある黒人　131
第二十章　オーナを連れ戻す（もど）ために　140
第二十一章　奴隷捕獲人（どれいほかくにん）の計画　146
第二十二章　自分の人生を決める　158
第二十三章　あきらめきれず　164
第二十四章　間一髪（かんいっぱつ）の逃亡（とうぼう）　169
第二十五章　ワシントン夫妻（ふさい）の死　173
第二十六章　自由な人生を生きぬいて　177
エピローグ　184
新聞インタビュー　195
年表　200

NEVER CAUGHT, THE STORY OF ONA JUDGE:
George and Martha Washington's Courageous Slave Who Dared to Run Away;
Young Readers Edition
by Erica Armstrong Dunbar, Kathleen Van Cleve

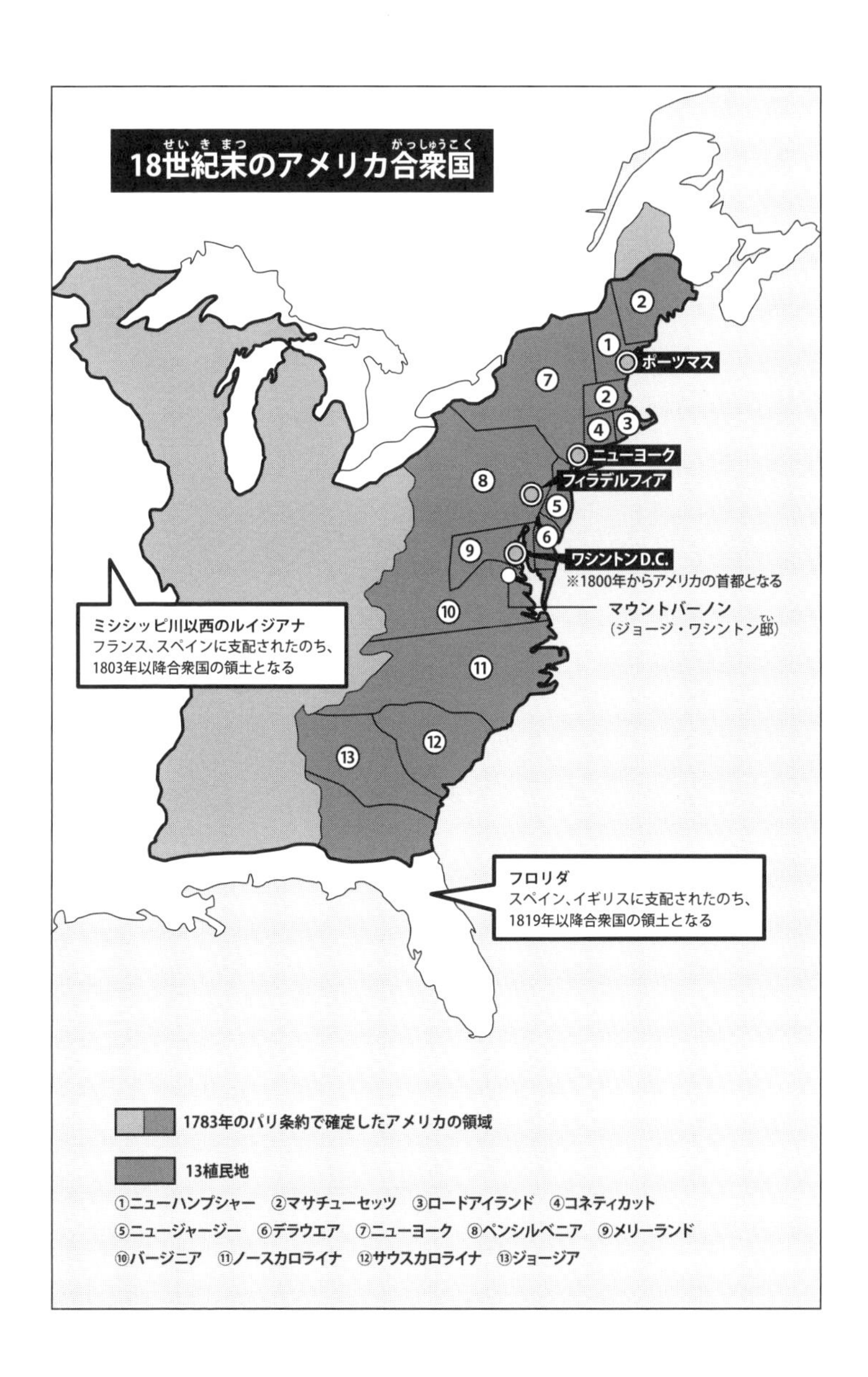
18世紀末のアメリカ合衆国
ポーツマス
ニューヨーク
フィラデルフィア
ワシントンD.C.
※1800年からアメリカの首都となる
マウントバーノン
(ジョージ・ワシントン邸)
ミシシッピ川以西のルイジアナ
フランス、スペインに支配されたのち、
1803年以降合衆国の領土となる
フロリダ
スペイン、イギリスに支配されたのち、
1819年以降合衆国の領土となる
1783年のパリ条約で確定したアメリカの領域
13植民地
①ニューハンプシャー ②マサチューセッツ ③ロードアイランド ④コネティカット
⑤ニュージャージー ⑥デラウエア ⑦ニューヨーク ⑧ペンシルベニア ⑨メリーランド
⑩バージニア ⑪ノースカロライナ ⑫サウスカロライナ ⑬ジョージア

読者のみなさんへ

この本に目をとめてくださってありがとうございます。みなさんはこの本によって、ほんとうの勇気とはなにかを知ることになるでしょう。そして、アメリカの歴史について学んだすべてのことに対して、これまでとはちがった考えを持つようになるでしょう。この本は、困難に直面しながらも、不可能と思われたことを成しとげた女性についての本です。名前はオーナ・ジャッジ。オーナは人間でありながら、アメリカでもっとも有名な人物ふたりの財産でした。初代大統領ワシントン夫妻の奴隷だったのです。

わたしはこの本で何度も「奴隷」ということばを使っていますが、「奴隷」はみずから選んで奴隷になったのではなく、ほかの人たちに奴隷にされてしまったのです。「奴隷」ということばからわたしたちが思い浮かべるのは、意思に反してアフリカから、のちにはカリブ海地域からアメリカに連れてこられた何百万人もの人たちのことです。この人たちこそ「奴隷にされた人たち」です。彼らはほかの人に無理やり奴隷にされたのです。「奴隷」という語を辞書で引くと、「ほかの人の合法的な財産で、ほかの人に無理やり従わされる人」とあります。アメリカ合衆国の奴隷は生まれてから死ぬまで奴隷として過ごすのが普通でした。奴隷は男女とも合法的に結婚することはできません（もちろん恋に落ちて夫や妻を持つことはありました）。南部では奴隷に読み書きを教えることも違法でした。何百年ものあいだ、何百万人

読者のみなさんへ

もの黒人が家族から引きはなされて売られたり、ぶたれたり、むちで打たれたり、ときには殺されたりしました。

アメリカの奴隷制のことをおだやかな気持ちで語ることはできません。奴隷制は残酷です。不道徳です。奴隷制は黒人を社会の最底辺に閉じこめておく不公平な制度でした。奴隷制について読んだり論じたりすることは苦しいことです。でもわたしたちはそうしなければなりません。現在や未来をもっとよくしたいと思えば、過去の問題をきちんと認識し、理解しなければなりません。若い読者のみなさんこそ、こうした過去を知らなければなりません。

オーナの物語を読むと、アメリカ建国当時の奴隷たちのことがわかります。オーナはバージニアにあるワシントン夫妻の農園マウントバーノンで奴隷として生まれ、ニューハンプシャーで自由な女性として亡くなります。オーナは長い人生のあいだに、たくさんの悲劇を経験しました。しかし、絶望の最中に愛や喜びも経験しました。

オーナは生きぬきました。

わたしは、オーナ・マリア・ジャッジのことを世界じゅうの若い読者のみなさんにお届けできることを、たいへんほこらしく思います。オーナの勇気に秘められた強い精神力を読み取っていただけたら幸いです。

エリカ・アームストロング・ダンバー

まえがき ―逃亡―

オーナ・マリア・ジャッジは、生まれたときからジョージ・ワシントン、マーサ・ワシントン夫妻の奴隷だった。だが、所有者夫妻に夕食を出すことはまずなかった。一日のうちでその時間だけは、静かに夫妻の近くにひかえている必要はなかった。食事に関しては、キッチンのスタッフがすべて仕切っていたので、オーナはたいてい二階か外か、キッチンの奥で、休みなしの奴隷の暮らしから解放され、自分の時間を楽しむことができた。

一七九六年五月二十一日土曜日、すべてが変わる。オーナはフィラデルフィアの大統領官邸の廊下から食堂をのぞき、夫妻を交互に見る。ふたりは大好きな塩漬けの魚を食べ、大好きなワインを飲みながら、なにか話し合っている。話の中身は聞き取れない。今だ。今しかない。オーナには心に決めていたことがある。あとは決行する勇気があるかないかだ。

逃亡するんだ。

オーナは深く息を吸いこむ。見えない力に追い立てられるように、官邸の裏手に向かって廊下を進む。ひと足ごとに決意はかたくなる。進め、オーナ。進むんだ。

オーナは裏口に着く。やはり奴隷の立場のシェフ、ハーキュリーズはオーナに軽くうなずいたかもしれない。シェフはオーナの決意を察していたか。いや、なにも知らなかったかもしれない。オーナは歩き続ける。息づかいは荒いが、迷いはない。ドアを開けて外に出るんだ。めざすは船着き場だ。止まるんじゃない！

もし、捕まったら……もし捕まったら……

いや、そんなことは考えてはいけない。とにかく、今は。

オーナはまた歩き始める。いや、走ったか？　うしろを振り返った？　しかめ面をしていた？　それとも、笑みを浮かべていた？　だれにもわからない。防犯カメラが登場するのは何百年もあとのことだ。オーナの心にあるのは、自分は命の危険を冒している、一刻も早くデラウェア川の岸につくられたいちばん近い船着き場に着かなければ、ということだけだ。オーナは視線を落とし、かつてないほどドキドキしながら五ブロック歩き続け、ようやく、どこか遠くへ行くナンシー号という船に乗りこんだ。

行き先はわからない。オーナは生まれたときから、ワシントン夫妻と暮らしてきた。でも、今はひとり、デッキの手すりに寄りかかり、顔をかすめていく風を感じている。ナンシー号の白人船長と、逃亡を助けてくれた自由黒人の友人たちを信じるばかりだ。捕まれば、むちで打たれ、死ぬまで奴隷でいなければならない。そう思うと恐ろしくて、炎で首をしめつけられるような気がする。

だが、大西洋の荒波を見つめるオーナ・マリア・ジャッジ—勇敢にも、すべての奴隷の先駆者となった若い女性—の心は、なによりも燃えるような熱い思いで満たされていた。

わたしは自由だ。

まえがき　—逃亡—

ジョージ・ワシントン（1732-1799）アメリカの革命戦争を戦ったのち、1789年に初代大統領に就任。1797年3月まで2期大統領を務める。

マーサ・ダンドリッジ・カスティス・ワシントン（1731-1802）最初の夫ダニエル・パーク・カスティスの死後、ジョージ・ワシントンと再婚。

第一章　オーナはいつ、どのように生まれた？

オーナは一七七三年ころバージニアで生まれた。アメリカ合衆国はまだ誕生しておらず、十三植民地に暮らす多くの白人に奴隷制が受け入れられていた時代だ。奇妙なことに、十三植民地も奴隷も同じように必死に自由を追い求めていた。一七七三年、アメリカ合衆国最初の十三州となる当時の十三植民地の人たちは、勝手に法律をつくって押しつけてくるイギリス政府から自由になりたいと行動を起こした。「ボストン茶会事件」だ。アフリカやカリブ海地域から奴隷貿易等によってアメリカに連れてこられた黒人奴隷たちもまた、自由に生きたいと思っていた。アメリカの自由を求める戦い、そして、黒人奴隷が自由を求める戦い、このふたつは、オーナの人生の大部分をしめることになる。

オーナはいつどのように生まれたのだろうか。

オーナの母親ベティは、バージニアで奴隷として生まれた黒人だった。父親のアンドリュー・ジャッジはイギリスからやってきた白人で、「年季奉公人」として四十五ドルでジョージ・ワシントンに買われていた。アンドリューは、アメリカへの渡航費、衣食住、わずかな現金と引き換えに、自分を買った人物にむこう四年間労働を提供するという年季奉公人の契

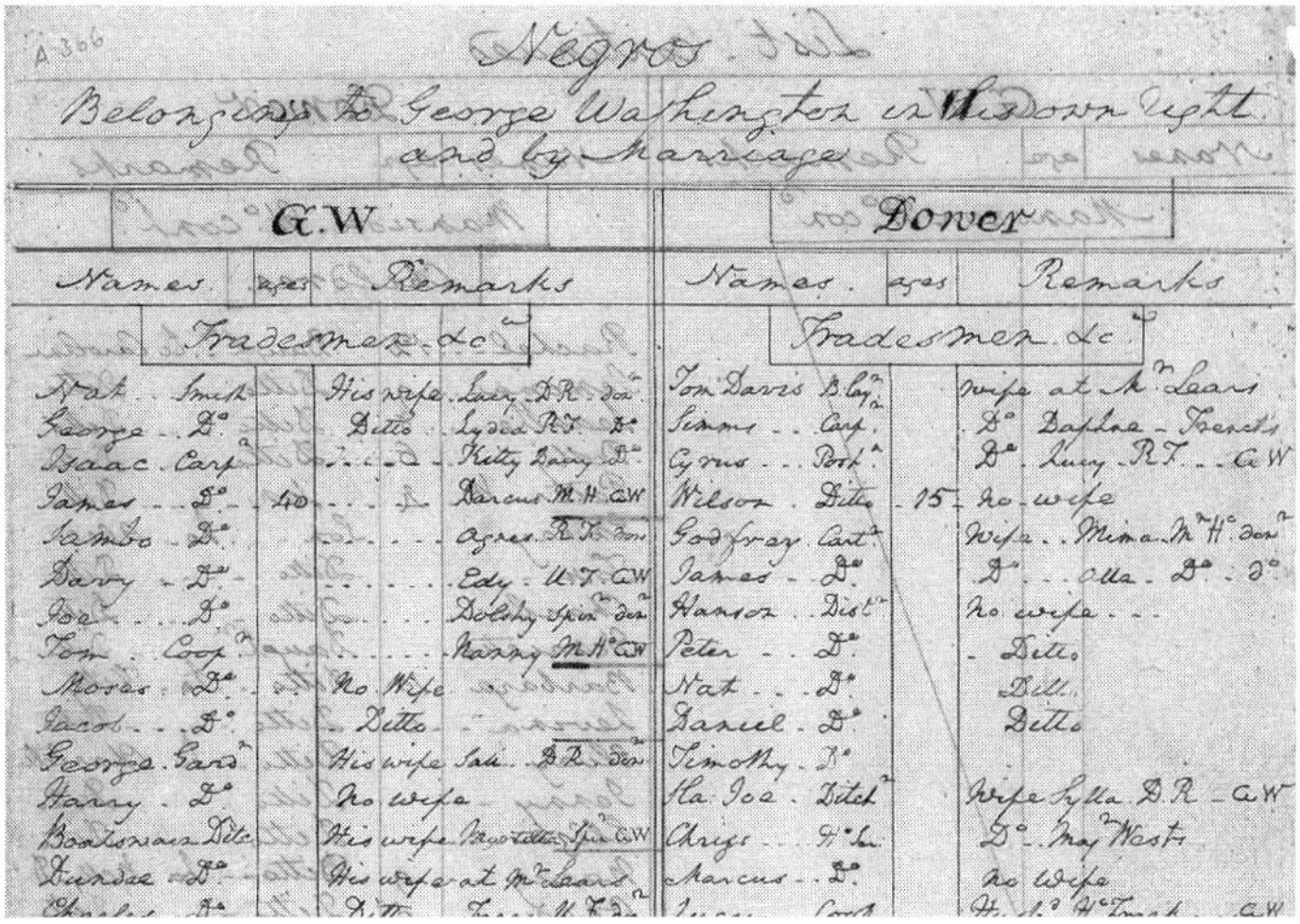
Negros List
Belonging to George Washington in his own right and by Marriage

G.W Names	ages	Remarks		Dower Names	ages	Remarks
Tradesmen &c.				Tradesmen &c.		
Nat Smith		His wife Lucy D.R. Dow		Tom Davis B.Layer		wife at Mr Lears
George D°		Ditto Lydia R.T. D°		Simms Carp.		D° Daphne Frenchs
Isaac Carp		Kitty Dairy D°		Cyrus Postn		D° Lucy R.T. G.W
James D°	40	Darcus M.H. G.W		Wilson Ditto	15	No wife
Sambo D°		Agnes R.T. Dow		Godfrey Cart		Wife Mima M.H. Dow
Davy D°		Edy U.T. G.W		James D°		D° Alla D° D°
Joe D°		Dolshy Spin. Dow		Hanson Distr		No wife
Tom Coop		Nanny M.H. G.W		Peter D°		Ditto
Moses D°		No Wife		Nat D°		Ditto
Jacob D°		Ditto		Daniel D°		Ditto
George Gard		His wife Sall D.R. Dow		Timothy D°		
Harry D°		No wife		Ha. Joe Ditch		Wife Sylla D.R. G.W
Boatswain Ditto		His wife Myrtilla Spin G.W		Chris [illegible]		D° May Wests
Dundee D°		His wife at Mr Lears		Marcus D°		No Wife

1799年当時、マウントバーノンにいた奴隷の一覧表。

約を結んでいた。だが、奴隷とちがって、年季奉公人には少しの自由が与えられていた。ベティとアンドリューは、結婚はしていなかった。黒人が白人と結婚することはできなかったし、そもそも奴隷の結婚は法律で認められていなかった。

ベティはのちにワシントン大統領夫人となるマーサの最初の夫、ダニエル・パーク・カスティスの所有物だったが、カスティスはマーサと結婚して七年でこの世を去った。奴隷制は当時のアメリカに深く根づいていた。カスティス家同様、マーサの実家も、マーサの再婚先であるワシントン家も奴隷を所有していた。ダニエルの死後、遺産はマーサとふたりの子どもたちに三分割された。遺産には土地と人間が含まれる。「遺産」としての人間のうちのひとりが、やがてオーナの母となるベティだった。ベティは「寡婦産奴隷」（夫を亡くした妻が遺産相続した奴隷）だった。つまりマーサがダニエルの死後だれと結婚しても、マーサの財産であり続け、マーサ亡き後はマーサの遺産相続人の財産となるのだ。

マーサはジョージ・ワシントンと結婚すると、カスティス家から百マイルほどはなれたマウントバーノンに、少なくとも八十四人の奴隷を連れてやってきた。ベティはそのひとりで、二歳の息子オースティンを連れて来ることを許された。これはきわめてめずらしいことだった。もとの所有者が亡くなると、奴隷の家族は引き裂かれることがよくあったからだ。ベティがマーサの大事な奴隷だったことの証かもしれない。一七七三年の段階でベティはまちがいなくマーサの縫い子の中でも特別だったのだろう。

ベティはワシントン家のほかの縫い子たちに、スカートのふちのかがり方や布の織り方を教えていた。また、ロンドンから仕入れた高価な布を、生地を傷めることなくマーサのお気に入りの色に染めることもできた。既製服を買えない植民地時代には、服を縫えることは大事な技術だった。ベティには縫ったり糸をつむいだりする技術があったため、ジョージ・ワシントン所有の五つの農場に出て農作業をせずにすんだ。ベティの仕事場は糸つむぎ小屋で、ワシントン夫妻の住むお屋敷近くにあり、そこが縫い子の奴隷たちの作業場だった。マーサもよく縫物をしたので、ベティもほかの縫い子とともにお屋敷でマーサといっしょに仕事をすることがあった。

オーナの父親アンドリュー・ジャッジも仕立職人だった。ジョージ・ワシントンは白人の年季奉公人を好まなかった。当てにならないし、怠け者だと思っていたからだ。でも、アンドリューのことは気に入って信用していたようだ。アンドリューはジョージのお気に入りの仕立職人のひとりで、ジョージが一七七五年に大陸軍の総司令官に任命されたときに着ていた青い制服も、アンドリューの手になるものだった。

しかし、一七七三年の時点では、ジョージは自分がやがて大陸軍を率いて戦うことになるとは想像すらしていなかった。ジョージの本業は農園経営だった。植民地の人たちが民主的な新国家をつくりたいと思っていることも、いまいましい政治的できごとが起こっていることもジョージは知っていたし、アメリカがイギリスのジョージ三世に支配されていることにも不満を持っていた。だが、代々バージニアの政治家一家に育ち、イギリスが支配するアメリカの土地を守るためにフランスと戦ったことのあるジョージは、イギリスに反旗を翻すことはできなかった。

それより今はほかにすべきことがあった。

一七七三年六月、あろうことかバージニアに雪が降った。ジョージ・ワシントンのような農園主はみな、過去の経験から天候を予測する必要があったが、まさか六月にこんな南の地方に雪が降るとは。マウントバーノンの作物は大打撃を受け、農園の住人は途方に暮れた。奴隷たちの中には、マウントバーノンに悪いことが起こる前触れだと思う者もあれば、なにかよいことが起こるんだと思った奴隷もいる。結果としては、両方とも正しかった。

雪の降った八日後、マーサの連れ子パッツィの容態が急変した。まだ十七歳のパッツィは数年前から発作に見舞われるようになっていた。有効な治療法はなく、医師は、体から血を抜く瀉血をした。だが、効き目はなかった。

六月十九日午後四時すぎ、兄の婚約者、エリナー・カルバートが倒れているパッツィを発見したが、二分後に息絶えた。

パッツィの義理の父親ジョージ・ワシントンも、マーサもひどくショックを受けた。マーサは最初の夫とのあいだに四人の子どもがいたが、長男ダニエルと長女フランシスはまだよちよち歩きのころに死んだ。今またパッツィを失い、マーサは悲しみのどん底に突き落とされた。

マウントバーノンの人たち、とりわけ、選ばれて、マーサの近くで働く奴隷の女性たちはマーサの心痛を理解した。オーナの母となるベティもそうした奴隷のひとりだった。

ベティはマーサのベッドのかたわらに立って、嘆き悲しむマーサを慰めたかもしれない。だが、同時にパッツィの葬儀の準備もしなければならない。このときベティは妊娠していたが、そんなことはマーサにはまったくかかわりのないことだったろう。ベティとアンドリューが子どもを持とうが持つまいが、マーサにはどうでもいいことだった。

ベティとアンドリューがどのような関係だったかはわからない。ふたりが恋に落ちたのか、なんの合意もなくベティがアンドリューにレイプされたのか、わからない。

しかし、ベティが恋愛感情以外になんらかの目的があって、アンドリューと関係を持ったこともありうる。ベティはアンドリューと関係を持つことで、やがて自分も、自分の子どもたちも自由になれると思ったのかもしれない。アンドリューは年季が明ければ、自由になれる。そのときベティと子どもたちをワシントン家から買い取りたいと申し出ることも可能だ。ベティの本心はわからないが、アンドリューが、年季明けに自由になっても、ベティと子どもを連れていかなかったことは確かだ。

それでも、一七七三年にはアンドリューはマウントバーノンにいた。思わぬときに雪が降り、パッツィの葬儀がすんだあと、一七七三年のうちか、年が明けてすぐ、ベティとアンドリューのあいだに娘が生まれた。ふたりは娘にオーナ・マリア・ジャッジと名づけた。奴隷の生死に関する記録はほとんどないが、混血のオーナはやがて成人し、自由を求めて危険な綱渡りのような人生を送ることになる。オーナの勇敢な精神を受け継ぐアフリカ系アメリカ人のハリエット・タブマンやフレデリック・ダグラスが、奴隷の身分からの脱出をはかるはるか昔のことである。

オーナは母親のベティのように、どんな困難にも耐えた。父親アンドリューと同様、愛する家族を残して、自分だけは自由を手に入れた。オーナはアメリカ合衆国同様、いかなる危険を冒しても、生命、自由、幸福の追求という独立宣言にうたわれた権利を勝ち取ることができた。

第二章　マウントバーノンで育って

オーナが子ども時代を過ごしたマウントバーノンは、ジョージ・ワシントンの所有する土地だ。バージニア東部にあり、八千エーカー（約三十二平方キロメートル）ほどの広さがある。一六五七年にワシントン家の先祖がイギリスからアメリカに来たときから、ジョージの一家は四代にわたってアメリカで暮らしてきた。イギリス政府は、イギリスの探検家がアメリカの海岸にたどり着いて以来、アメリカはイギリスの領土で、イギリスの好きなようにできると考えていた。アメリカの先住民にとっては寝耳に水の話だった。数千年も前からアメリカに住んでいるのだから、アメリカは「自分たちの」土地だった。しかし、いったんアメリカにわたったヨーロッパ人は、どんどん自分たちの領地を増やしたくなり、フランスやイギリスはアメリカのどの部分をどの国が支配するかをめぐって争うようになる。

ジョージは、父や祖父と同様に、領土を広げようとするイギリス政府のためにフランスと戦った。このことが重要なのは、ジョージが一七五〇年代、イギリス軍の兵士として、七年におよぶフレンチ・インディアン戦争（フランスと先住民対イギリスの戦い）を戦ったことで、イギリス国民に立派な軍人として知られるようになったからだ。ジョージは勇敢に先頭

初代大統領ジョージ・ワシントンの邸宅。バージニア州ポトマック川ぞいにある。

に立って戦った。苦しい戦いだったが強く冷静な指揮ぶりが評判にもなった。

ジョージ・ワシントンは苦労して育ったこともあって立派な指揮官になれたと歴史家は考えている。十一歳のときに父親に死なれ、大学にも行かずに、早くから農園で働いた。二十歳になる前に、父親代わりだった腹ちがいの兄のローレンスを結核で亡くしている。

ジョージは戦争にも行ったが、三十代四十代の大半を費やしてマウントバーノンをさらに大きくしている。五つの農場をつくり、たばこや小麦、亜麻を栽培した。五つの農場は敷地のあちこちに散らばっていたので、ひとつの農場から別の農場に移動するには、五マイル（約八キロメートル）もの距離を歩くか馬に乗っていかなければならなかった。

　ジョージはマウントバーノンにいるのが好きだった。マウントバーノンでは、広大な敷地で自給自足ができた。だが、そのためには綿密な計画と効率的な運営が欠かせない。ジョージは五つの農場のほかに、養魚場、ウィスキーの蒸留所、小麦を馬に踏ませて脱穀するための十六面の納屋、肥料をつくるために家畜のふんを集める場所もつくった。

　ジョージは農園経営のすべてをこと細かに記録し、軍人や政治家として働く一方、マウントバーノンを成功させることにも精力をそそいだ。ジョージもほかの農園所有者と同じように、奴隷を酷使すれば、もっと利益を上げられると思っていた。

　ジョージは奴隷制にどっぷりとつかって生涯を過ごした。十一歳で父親が死ぬと、十人の奴隷を相続した。成長するにつれて奴隷の数は多くなり、所有する土地も広くなった。前の夫を亡くしたマーサと結婚すると、土地も奴隷もさらに増えた。一七七三年にマウントバーノンにいた奴隷は二百人近い。ジョージを含め奴隷所有者は財産としての人間を「奴隷」ではなく、「使用人」とよんだ。当時、全面的に奴隷制を支持する人たちがこのことばを使ったということは、彼らが心の奥底では奴隷制はまちがっていると気づいていたからではないだろうか。

　ジョージは農作業にも土木作業にも建設作業にも思いのままに奴隷を使った。現在は観光名所になっているジョージ自慢のマウントバーノンは奴隷が築いた。ジョージの富は社会の最底辺で生きる奴隷によってもたらされたものだ。

　奴隷所有者たちは奴隷たちの住居をつくる必要があった。マウントバーノンには敷地のあちこちに奴隷用の建物があった。ベティのようにお屋敷で仕事をする奴隷用には、鍛冶場の近くに二階建ての建物があり、奴隷小屋とか家族用住居とよばれていた。そこでは一棟に最大六十七人の奴隷が暮らし、わらの敷物の上に置かれた木製の簡易ベッドで麻布をかぶって寝た。子どもたちが寝るのはたいてい床だった。農場で働く奴隷たちは、ひと部屋か二部屋しかないみすぼらしい丸太小屋で暮らした。奴隷小屋と丸太小屋の大きなちがいは、奴隷小屋は比較的しっかりしたつくりで、暖炉があって温まれたことだ。しかし、何十人もの奴隷が一か所で暮らすので、プライバシーは望めなかった。丸太小屋には貧弱な壁しかなかったので、入りこんでくる雨や雪に耐えなければならなかったが、三十人四十人の人とひとつの部屋を共有する必要はなかった。

　ジョージ・ワシントンを含め奴隷所有者はみな、奴隷に衣食も与えなければならなかった。

農場で働く奴隷には粗末な布でつくった服しか与えられなかったが、お屋敷で働く奴隷にはやや質の良い服が数も多く与えられた。女性なら柄入りのワンピース、男性なら色つきの上着だ。ジョージが外見にうるさかったからだ。マウントバーノンの奴隷小屋近くに掘られた穴は根菜類の貯蔵場所で、奴隷たちは自分たちの食料として収穫後の野菜をそこに保管し、ワシントン夫妻からもらったおさがりの調理道具や食器を使って食事した。おとなは夫妻から靴を一足ずつもらったが、子どもははだしだった。

オーナが生まれると、マーサが所有し、やがて孫たちに受け継がれる財産が増えたことになる。奴隷はすべて財産とみなされる。赤ん坊が生まれると、その赤ん坊も奴隷にされ、財産、すなわちお金が増えたことになる。ジョージは、自分は慈悲深い奴隷所有者だと考えていて、奴隷の家族を引きはなすのは好まないとよく言っていたし、年老いた奴隷は面倒を見てやらなければならないとも思っていた。しかし、必要があれば、家族を引きはなすこともあった。マウントバーノンから売りとばしたり、カリブ海地域にある砂糖やコーヒーの過酷な農園に送ったりもした。

砂糖は甘いが、砂糖農園は甘くはない。奴隷労働でなりたつ事業の中でももっともつらいものだったろう。カリブ海地域の砂糖農園に送られた奴隷は、到着から平均七年で死んだ。

ほかの農園所有者同様ジョージも、奴隷を従わせるためなら非人間的なむち打ちの罰を与えた。

一七七三年ころ、オーナはそんな世界に生まれた。オーナの所有者は法的にはマーサ・ワシントンだったが、当時の習慣で夫のジョージがマーサの財産も管理していた。奴隷小屋で育ったオーナは、毎日同じ粗末なワンピースを着て、床に寝た。ベティが仕事をしているあいだは、年とった奴隷がオーナたち子どもの面倒を見ていた。男女を問わず、働く場所を問わず、奴隷は日の出から日がしずむまで働く。オーナが病気になっても、母親のそばで丸まって寝ることはなかったはずだ。母親に質問したくても、新しい知識を教えたくても、暗くなるまで待つしかない。でも、ベティが帰ってくるころには、オーナはもう眠っていただろう。

オーナはそばかすだらけの顔に、もじゃもじゃの髪をした子どもに成長した。肌の色はあまり黒くない。奴隷の子どもはみな、ひとりで生きていくすべを身につけなければならない。たき木を集めたり、お屋敷で使う水をくんでくるのは子どもの仕事だった。オーナは菜園やつむぎ小屋でおとなたちの仕事を間近で見たり手伝ったりしたかもしれない。でも、奴隷に仕事を指図する監督には近づかないようにしていたにちがいない。ワシントン夫妻の前では行儀よくしなければならないことは最初に身をもって学んだことで、母親からは立ち居振る舞い、口のきき方、目の伏せ方も教えられていただろう。

　オーナは学校には行っていなかった。バージニアには奴隷の子どもが通える学校はなかった。そもそも南部では奴隷に読み書きを教えることは禁じられていたのだ。マーサは、黒人のことを、白人より劣っていて善悪の区別がつかず、おろかだと思っていた。奴隷と親しくなることもあったが、奴隷がいなければ自分の生活はなりたたないとも思っていた。

　しかし、一七七〇年代はじめころのアメリカは、目まぐるしく変化していた。オーナは子ども時代に、革命戦争（独立戦争）の戦場そのものだけでなく、新国家建設をめぐる論戦をも間近で見ることになる。オーナが一歳になるかならないかの一七七四年九月、第一回大陸会議が開かれた。ジョージは、フィラデルフィアでの会議に出席するためマウントバーノンをあとにした。だが、その会議が革命戦争のおぜん立てをする会議になるとは思っていなかった。マーサは、この世は奴隷所有者と奴隷でなりたっているという世界観を持っていた。だが、まもなく始まる革命戦争が終わるころには、この世界観が問題となるとは思っていなかった。オーナもまたこの時点では知るよしもなかったが、心の葛藤を経験した末に、周囲も自分も驚くようなことを実行することになる。

第三章　生まれたばかりの新しい国

一七七五年六月十五日、ジョージ・ワシントンは大陸軍（植民地軍のこと）の総司令官に任命された。大陸軍とイギリス軍のあいだに緊張が高まっており、ジョン・アダムズが大陸軍を指揮してくれと頼みにきたときには、ジョージの心はすでに決まっていた。ジョージは任命を受け入れ、アメリカ人への忠誠を誓った。それは、イギリスと決別することを意味した。数日のうちにジョージはイギリスと最初の戦いをするためにボストンに向かい、それから八年余り、マウントバーノンに戻らなかった。

ジョージがマウントバーノンを出たとき、オーナは二歳くらいになっていた。一七八一年にイギリスがアメリカに降伏したときには八歳で、まだ子どもだった。ジョージは留守中、マウントバーノンの運営を親類のルンド・ワシントンに任せていた。マーサはあからさまにルンドを監視し、決定に口をはさんだ。

当時はまだ、遠くの人と連絡をとるには手紙を書くしかなかった。ジョージがルンドやほかの人たちに送った手紙を読むと、大陸軍を率いたり、自分の農園を管理し続けようとしたりしながらなにを考えていたかがわかる。ジョージは定期的にマーサに手紙を送っていたが、もはや読むことはできない。マーサが死ぬ前に燃やしてしまったためだ。理由はわからない。
革命戦争はニューヨーク、ニュージャージー、ペンシルベニア、バージニアなど、東海岸の各地で数年にわたって続いた。議会が独立宣言を採択した一七七六年七月四日、ジョージはフィラデルフィアにはいなかった。ニューヨークで戦っていたのだ。ジョージは七月九日になってようやく、戦場の兵士を集め、独立宣言を読んで聞かせることができた。マーサはときおり戦場にジョージを見舞い、自分の目で夫や兵士の窮状をつぶさに見た。食料も衣類も避難場所も足りなかった。ジョージは、議会にもっと資金や武器を送るよう頼んだ。だが、たとえ届いても、時間がかかった。

イギリス軍は食料も兵力も資金もふんだんにあったが、海を隔てた場所での戦いで、土地勘がなかった。そのためもあって、イギリス軍は、ずる賢い手を使った。「所有者から逃亡してイギリス軍とともに戦ったアメリカの奴隷は、戦争終了後イギリス軍が解放する」と新聞に載せたり、町の中心で流したりしたのだ。

奴隷たちはいつも自由を求めていた。ルンド・ワシントンは、「もし逃げられると思えば、マウントバーノンの奴隷たちはみな逃げるだろう。自由の魅力には勝てない」と、ジョージへの手紙に書いている。一七八一年四月、マウントバーノンの奴隷たちに逃亡のチャンスが訪れる。サベージ号というイギリスの船がポトマック川の、マウントバーノンが見える位置に停泊した。農園の住人はみなこの船に気づいたにちがいない。イギリス軍の兵士は対岸にある数軒の家に火をつけ、マウントバーノンがよく見えるようにした。八歳だったオーナは奴隷の子どもたちと外にいたのではないだろうか。近くの家々が赤々と燃えるのを目を丸くして見たことだろう。ルンドが船長から受け取った手紙のことを話しているのを立ち聞きしたかもしれない。手紙には、「『物資』を船に届けなければ、マウントバーノンを焼き尽くす」と脅し文句が書かれていた。『物資』とは『食料』のことだ。

その日の午後、ルンドはとり肉をどっさり持って川に向かった。オーナもほかの奴隷たちもルンドのうしろ姿を見ていたことだろう。ルンドが行ってしまうと、奴隷たちは目の前に訪れたチャンスについてささやき合ったにちがいない。逃げるなら今だ。二十歳のルーシー、十八歳のエスター、そして、十六歳のデボラは顔を見合わせていたかもしれない。オーナはこの三人の女性たちをじっと見つめていた。なにかおそろしいことが起こるにちがいない。ルンドがサベージ号から戻り自宅に入ると、三人の女性は十四人の男性とともに、自由を求めて逃亡をはかった。十七人は、マウントバーノン近くに停泊していたサベージ号に乗りこみ、これでようやく解放されると思った。その場にいたオーナは、年老いた女性の奴隷が、

「逃亡なんてばかげている」と怒ったり、ほかの奴隷が逃亡者をうらやましそうに見つめながら、「祈っておやり、あの人たちは命がけで、とてつもなくすばらしいものを手に入れようとしているんだ」と言ったりするのを見ていただろう。

奴隷が逃げたと知ったルンドは激怒した。ルンドはこの広大な農園を回していくだけで精一杯だった。いとこのジョージとちがい、農園経営についてなんの見通しも持っていなかった。自分にはマウントバーノンの経営は向かないと思っていたが、そのとおりだった。十七人の奴隷の労働力を失えば、ルンドはさらに窮地に追いこまれる。ルンドは大量の食糧や物資を持ってまたサベージ号に行った。これで奴隷を返してもらおうと思ったのだ。しかし、船長に拒否され、打つ手もなく戻ってきた。

さらに悪いことに、そのときバージニアにいたジョージの親友のひとりであるラファイエット侯爵が、奴隷が逃げたことやルンドが食料や物資をイギリス軍に運んだことを手紙でジョージに知らせた。ジョージは激怒し、次のルンドへの手紙で、イギリス人と交渉するとはなにごとか、イギリス軍に食料を届けるくらいなら、マウントバーノンに火をつけられたほうがましだと叱責した。逃亡奴隷については書いていなかった。

まだ八歳ながらオーナはルンドには近寄らなかった。でも、対岸の家々の燃える様子や、逃げた奴隷のこと、残った奴隷の表情を忘れることはなかった。オーナもルンドも知るよしもなかったが、バージニアにいるイギリス軍は大変なことになっていた。ラファイエット侯爵率いるフランス軍が大陸軍を援護し始めただけでなく、天然痘やマラリアが陸でも海でもイギリス軍を襲った。イギリス軍の指揮官たちは病気の兵士をこれ以上増やさないために、奴隷にしろそうでないにしろ、新しい兵を雇うのをやめた。食料も尽きかけていた。

一七八一年十月、ジョージ・ワシントンはバージニアに入り、フランス軍の助けを得て、ヨークタウンの戦いに突入した。ラファイエット率いるフランス軍とジョージ・ワシントン率いる大陸軍はイギリス軍を包囲し、封じこめた。イギリス軍は降伏せざるを得なかった。アメリカはこれで独立国家になれる。自分たちの未来を危険にさらして、イギリスからの自由を求めて戦ってきた植民地人にとって、これは大変な朗報だった。しかし、自分たちの未来を危険にさらして植民地人からの自由を求めて戦ってきた奴隷にとっては、悪夢のような知らせだった。イギリス軍は降伏すると、逃亡してきた奴隷を見捨てた。自由のためにすべてを犠牲にした奴隷たちは悲惨だった。マウントバーノンから逃亡した十七人のうち、エスターやルーシーを含む七人がマウントバーノンに戻された。骨と皮ばかりになり、絶望し、打ちひしがれていた。

オーナは七人が戻ってきたとき、そこにいたにちがいない。そして、夢破れた七人の姿をその目で見ただろう。さらにその後、ジョージが残る十人の逃亡奴隷の捕獲に乗り出したことも知る。ジョージは、もと軍人の奴隷捕獲人を雇い、奴隷が隠れていると思われるフィラデルフィアまでさがしに行かせた。オーナは、捕まってマウントバーノンに連れ戻された奴隷たちの憔悴しきった姿を忘れることはなかった。

イギリスは降伏したが、戦争が完全に終わるまでにはまだ時間がかかった。終戦を宣言する正式文書のパリ条約は、一七八三年九月三日にようやく調印された。ジョージ・ワシントンは静かに喜んだ。仲間の兵士が死に、苦しいときもあったが、不可能と思われたことを成しとげ、ようやくうちに帰ることができる。十二月、ジョージは正式に軍の総司令官を辞任し、マウントバーノンへの帰路についた。

戦争がジョージを変えたのは確かだ。ジョージは八年半にわたって、約十万人の兵士を率いて戦っていた。だれも、ときにはジョージ自身も、勝てるとは思っていなかった。兵士にはじゅうぶんな靴も毛布もシャツもなく、火薬さえもないときがあった。二万五千人の兵士が死に、生き残っても心や体に傷を負い、家族ともども生涯苦しむことになる。

戦争はジョージの人生にも長く影を落とした。戦争中ジョージを支えたのは、マウントバーノンで過ごした日々の思い出だった。ジョージの率いた大陸軍はイギリスを破り、世界をあっと言わせた。ジョージはそのことを知ってはいたが、浮かれて通りで勝利のダンスを踊ったりはしなかった。ヨークタウンの戦いのあと、また心の痛むことが起こっていたからだ。マーサのたったひとり残っていた子どものジャッキーが、ジョージの側近としてヨークタウンの戦いに参加していたのだが、戦場で発疹チフスに感染して死んでしまったのだ。二十七歳の若さだった。妻のエリナー・カルバートと四人の幼い子どもたちが残された。エリナーは昔、ジャッキーの妹パッツィがマウントバーノンで死にかけているのを発見した女性だ。ジョージは、心を痛めているはずのマーサのもとに一刻も早く戻りたかった。

　しかし、ふるさとまで馬を走らせ、自宅のポーチにすわって美しいポトマック川をながめていても、生まれたばかりの新国家のことが気にかかる。革命戦争の最中に、議会は連合規約という文書を採択した。独立宣言によってひとつの国となった十三州が守らなければならない大まかな決まりを定めたものだ。十三州はイギリスというひとつの敵と戦いながら、この規約を批准したが、イギリスが去ると、さまざまな問題を先のばしにしてきたことに気づいた。

　国をだれが治めるかも、大きな問題だった。アメリカ合衆国は、戦争をひとつ戦っただけで二万人以上もの死者を出した。国王や女王のようなひとりの権力者が国を治めるのをよしとしなかったからだ。州がそれぞれの法律で動くことを優先し、国全体の法律をつくる中央「連邦」政府がすべての州をまとめて、国家として動くという考えにはいたらなかった。

結果、奴隷制の問題も州のあいだでくすぶり続けることになる。南部の州は、奴隷に賃金を払わずに働かせて利益を得ていたため、北部の州より豊かだった。北部の州は南部のような経済活動をしていなかったため、借金をかかえていた。とりわけ、革命戦争でアメリカを支援したフランスに対して多額の借金があった。革命戦争は北部の州だけでなく十三州すべてのための戦いだったが、連合規約には、新国家がひとつの国として—とりわけお金に関して—行動するよう明記されていなかった。それぞれの州が国全体のために借金をしたとしても、返済するのはそれぞれの州で、借金のない州が「負担したくない」と言えば、それまでだった。

この状態は変えなければならない。革命戦争のあいだ放置されてきた問題に対処しなければならない。ジョージはこのことを認識はしていたが、ともかくしばらくは見て見ぬふりを決めこんだ。順調に回っている農場や美しい花壇のある広大な敷地に戻ったとたん、マウントバーノンにいれば、わずらわしい問題から逃れられると思ったのだろう。ジョージは自分の財産であるオーナという名のはだしの少女が、奴隷小屋の周辺を走り回るのを見たかもしれない。でも、やがて成長したオーナが粗末なワンピースを着て、ジョージの前に立ち、奴隷制に露骨に異議を申し立て、「新国家が自由を得たように、わたしも自由になりたい」と言う日が来るとは思いもしなかっただろう。

第四章　選ばれた奴隷

　ヨークタウンの戦いからおよそ二年後、マーサはオーナにお屋敷についてくるよう合図した。オーナは十歳。正式に働き始めるときが来たのだ。

　マーサはオーナを生まれたときから見ている。指示どおりにてきぱきと動くのも、ほかの人の前で行儀よくできるのも知っている。マーサは、自分が満足のいく暮らしをするためには、オーナの母ベティの存在が欠かせないのはわかっていたが、ベティには四人の子どもの世話もある。その点、オーナはひとつのことに集中できる。オーナを一から鍛えて、自分ひとりのために働かせよう、とマーサは思った。

　小さな子どもがお屋敷に連れていかれ、奥様の身の回りの世話をしろと言われたら、どんな気持ちになるだろう。オーナはびくびくしていたかもしれないし、落ち着いていたかもしれない。母親から、いつかこういう日が来ると教えられていたはずだ。オーナは十年間糸つむぎ小屋で過ごし、亜麻の繊維で糸をつむぐ方法から、針仕事までのすべてを習っていた。

　オーナは縫い子の仕事にはきりがないと気づいたはずだ。縫い子は、二百人の奴隷を含むすべての農園の住人が着る服を縫う。ベティはマーサのお気に入りだったので、マーサの衣類すべてを縫い、直し、汚れをとった。これからはその一部がオーナの仕事になる。

一方、ジョージは、戦いも、靴のない兵士も、凍える寒さもない環境で、好きなように時間を過ごした。農園の収益を上げる方法を考えるのが日課だった。しかし、自分の意思に反して、新国家の政治をほうっておくことはできず、国をまとめるためには連合規約の改定が必要だと思っていた。もっと基本的な問題、貨幣価値の統一も必要だ。州ごとに通貨がまちまちだったので、小麦や繊維といった日用品を、州をまたいで売買する場合、価格を決めるのが大変だったのだ。

憲法制定会議の開催が決まり、一七八七年にジョージ・ワシントンはバージニア代表団のひとりとしてフィラデルフィアに向かった。同行したのは、ジョージのお気に入りの奴隷ウィリアム・リーだった。ウィリアムは従者としてジョージに仕え、執事のような仕事をしていた。その夏、フィラデルフィアでは激論の末、十三州すべてが、合衆国憲法という国を治める新しい法律をつくることで合意した。憲法には、より強力な中央政府をつくる指針が示された。中央政府は「連邦」政府ともよばれた。九月に制定された憲法の効力は未知数だった。

会議のあいだ、代表者たちは果てしない議論を重ね、新しい国のリーダーを決める必要があるという結論にいたった。合衆国憲法第二条第一節に「行政権はアメリカ合衆国大統領に

ジョージ・ワシントンの大統領就任式が行われたニューヨークのフェデラル・ホール（連邦公会堂）。

属する」とある。

憲法制定会議の出席者たちは、連邦政府の統治権を三つに分けることを決めた。まず、立法府はすべての州から選ばれる上院議員と下院議員から成り、法律をつくる。女性のほとんどとアフリカ系アメリカ人には投票権はなく、女性は議員にはなれない。

二つ目は司法府で、終身制の判事からなる。ここでは、法律が守られているかどうか判断する。

三つ目は行政府で、大統領という指導者を置く。大統領は上院議員や下院議員と同じように国民が選ぶ。

三権分立という考え方は、三つのう

1789年、チャールズ・トムソンがマウントバーノンを訪れ、ジョージに初代大統領に選出されたことを告げる。

ちのどれかに権力が集中して、国王のいるイギリスや、独裁者のいる国々と同じ過ちをくり返すまいという思いから生まれた。しかし、新国家の大統領となる人がアメリカ人の生活に大きな影響を与えることはまちがいないとすれば、経験と知性、先見の明や思いやりのある人物を選ばなければならない。ジョージはおそらく自分が選ばれる可能性が高いと思っただろう。ジョージは、現代の道徳基準からすれば不道徳な奴隷所有者だったが、革命戦争に勝った国の英雄としてあがめられていた。そして、大統領にふさわしい資質を合わせ持っているただひとりの人物だった。本人も謙遜はしなかった。選ばれるのは自分だと思っていたからだ。

そして、そのとおりになった。

一七八九年四月十四日、大陸会議の書記チャールズ・トムソンが馬でマウントバーノンにやってきて、選挙人六十九人の全会一致でジョージが初代大統領に選出されたと告げた。まずは義務を果たさなければならない。マウントバーノンは二の次だ。収穫量がとぼしく、税金も払えないほど、マウントバーノンの財政状況は悪化し、ジョージは新大統領に選ばれるような人物でありながら、現金をほとんど持っていなかった。しかし、二日後の一七八九年四月十六日には、マウントバーノンを出てニューヨークに向かった。

ジョージは新国家がうまくいくかどうか心配だったにちがいない。悩みの種はほかにもあった。それは、たったひとりでニューヨークに行かなければならないことだった。

マーサは怒っていた。ジョージが大統領になったことで、マーサの生活は一変した。ジョージは大陸軍総司令官になったときと同じで、公的義務を優先しただけでなく、妻の意見はいっさい聞かなかった。マーサは慣れ親しんだマウントバーノンの暮らしが好きで北部は好まない。引っ越す気にはなれないが、夫とはなれて暮らすのもつらい。

もっと気がかりなのは、奴隷制をめぐる議論が激しくなっていたことだ。憲法制定会議の争点のひとつは、奴隷の人数を各州の議員定数にどう反映するかということだった。最終的には、奴隷ひとりは「ほかの人の五分の三」人分として計算することで決着した。こんな文章は、現代では理解しがたいし気分が悪い。当時の政治家は一致して、奴隷を人間以下とみなしたのだ。

当時も、これを恥ずべきことだと考えていたアメリカ人は多い。特に北部ではそうだった。ペンシルベニア州、マサチューセッツ州、コネティカット州では、奴隷制を制限する法律をつくり始めていた。奴隷制を禁止することには不満の声もあった。マーサがやがて住むことになるニューヨーク州を含む北部の州ではどこでも、こうした議論が行われていた。マーサがいくら奴隷制を支持していても、夫とともに北部に行くのは、ライオンのおりの中に飛びこむようなものだ。

マーサは、北部にも奴隷を連れていくと決めていた。そのため、マウントバーノンからどの奴隷を連れていくのかが重要な問題だった。文句を言わず、従順で忠実、逃亡のおそれのない奴隷を選ばなければならない。

マーサは、ジョージが混血の奴隷を好んでいることを知っていたはずだ。ジョージは混血の奴隷のほうが魅力的で頭もいいと信じていた。一七八七年にジョージがフィラデルフィアに行くときに連れていったウィリアム・リーも混血だった。一七八九年四月十六日、新大統領としてマウントバーノンからニューヨークに向かうときに、ただひとり連れていったのもウィリアム・リーだった。ウィリアムほど所有者と近しい間柄だった奴隷はほかにはいない。

マーサは怒りをおさめ、ようやくニューヨークに連れていく奴隷を選び始めた。基準ははっきりしている。

オーナ・ジャッジが最初に選ばれた。

第五章　はじめての北部

オーナはそれまでの約六年間、お屋敷でマーサに仕えていた。オーナの能力はきわめて高く、マーサ本人よりも早く、マーサの望みがわかった。黙々とたくみに針を動かし、頭の回転が速かった。オーナは無礼でも不作法でも怠惰でもなかった。オーナは、マーサがジョージの新しい任務に同行するのは知っていただろうが、それが自分にどう影響するかはわからなかったし、わかるはずもなかった。

オーナを含むマウントバーノンの奴隷たちが、新国家にくすぶる奴隷制についての論争をどれほど知っていたかはわからない。だが、奴隷解放がどういうことかは、みな知っている。サベージ号に逃亡した奴隷のこと、やがて捕まって強制的に連れ戻された逃亡奴隷のやつれきった顔も忘れはしない。逃亡したのち捕まって、激しくむちで打たれたり、ほかの恐ろしい方法で罰せられたりした奴隷のことも、逃亡して何年も消息のわからない奴隷のことも知っている。逃亡には苦しみがつきまとい、命を落とすこともある。

同時に、北部に行けば自由があるということも、まちがいなく奴隷たちの耳に届いていた。自由な暮らしを夢見る時間は、奴隷たちにとってどれほど幸福な時間だったことだろう。

しかし、残念なことに、奴隷たちにはそんな時間はまずない。オーナが北部についてどのくらい知っているかとか、そもそも北部に行きたいかどうかとか、そんなことは問題にはならない。奴隷にはなんの権利もない。家をはなれることがどういうことかじっくり考える時間はない。母親とはなれる悲しさを口にすることもまずできない。未知の世界への不安、家族との別れ、遠い北部への否応なしの引っ越し。オーナはどうしていいかわからなかったにちがいない。しかし、マーサが決めたが最後、オーナは黙って出発の準備をするしかない。奴隷の若者は気持ちを爆発させることはない。オーナはいくら怒っていても、ぎゅっと口を閉じていた。

　オーナのほかに唯一選ばれた女性の奴隷は、モルという五十歳の縫い子だった。三十歳以上もはなれていては、友だちとはいえない。オーナには旅の途中で心の内を明かす人はいなかっただろう。オーナと同じ年ごろの奴隷の子どもはいたにちがいないが、今のような友だちの関係ではなかっただろう。強いきずなで結ばれてはいても、いっしょに遊んだりはできなかった。

　オーナには白人の子どもの知り合いがいたはずだ。ジョージにもマーサにも、よくマウントバーノンで過ごす身内がたくさんいた。マーサのいちばん年上の孫で、オーナより三歳ほ

左からマーサ、孫のネリー、ジョージ、孫のウォッシー、右端は奴隷のウィリアム・リーかクリストファー・シールズ。

ど年下のイライザ（エリザベスの愛称）・カスティスや、マーサの姪と甥にあたるファニー・バセット、バーウェル・バセットの姉弟などだ。オーナはこうした子どもたちといっしょに育ったはずだ。この子どもたちもオーナのことを知っていたはずだが、彼らがいくらオーナのことが好きで、賢い子だと思っていたとしても、現在のわたしたちが考えるような「友情」は築けない。奴隷とその所有者のあいだには越えられない一線がある。友情を築くような時間はないといったほうがいい。オーナは、マーサの孫でわがままなイライザなど、同年代の白人の子どもたちの世話をする立場にいたのだから。

ニューヨークでのオーナとモルの仕事は、

家事とマーサの身の回りの世話だ。オーナが主にマーサの身の回りの世話をし、モルはワシントン夫妻が育てているふたりの孫の世話をする。革命戦争で死んだマーサの息子ジャッキーには四人の子どもがいたが、そのうち下のふたりで、「ネリー」とよばれる十歳のエレノア・パーク・カスティスと、「ウォッシー」とよばれる八歳のジョージ・ワシントン・パーク・カスティスが祖母とともにニューヨークにやってきていた。オーナは、「ひまな」時間にはモルの手伝いをしなければならなかった。ニューヨークでの暮らしは疲れるばかりだ。

オーナとモル以外に選ばれた奴隷はみな男性だった。すでに大統領とともにニューヨークにいるウィリアム・リーのほかに、御者のジャイルズとパリス。ふたりはワシントン夫妻の乗る馬車を引く馬に乗る。そのほか、クリストファー・シールズとオーナの異父兄オースティン。ふたりはウィリアムがみずからしこんだ使用人で、ワシントン夫妻に仕える。クリストファーはウィリアムと親戚関係にあって、すぐに選ばれた。オースティンもオーナ同様、ジョージにもマーサにも気に入られていた。しかし、オースティンは妻のシャーロットも子どもたちもマウントバーノンに残していく。ジョージは、オースティンは気に入っていたが、シャーロットのことは嫌っていた。シャーロットは嫌味なことを言うがんこ者として知られていた。夫妻は奴隷を家族と引きはなしてもなんとも思わない。奴隷は自分の家族のためではなく、所有者のために働くものだからだ。

一七八九年五月十四日、ワシントン夫妻の甥にあたる二十歳のロバート・ルイスがマウントバーノンにやってきた。マーサと奴隷たちをニューヨークに連れていくためだ。だが出発の準備は終わっていなかった。ようやく出発できたのは五月十六日のことだった。オーナの母親は口には出さないが、娘を見ず知らずの土地に送り出す悲しみにくれていたにちがいない。


北に向かうオーナも不安だった。次つぎと疑問がわいてくる。どこで寝るの？　どんな家に住むの？　仕事は変わるの？　オーナはマウントバーノン以外で暮らしたことがない。マウントバーノンには白人の三倍の人数の黒人がいて、黒人はみな奴隷だった。ジョージの従者ウィリアム・リーは、北部ではもっと大勢の白人が黒人といっしょに暮らしていると言っていた。とすればどこも人でいっぱいだろう。北部にも広い農場があるだろうか？　花や木はあるだろうか？　またマウントバーノンの人たちに会うことはできるのだろうか？

しかし、そのどれも大事なことではない。いつもいちばん大事なのはマーサだ。旅のはじめから終わりまでそのことは変わらない。マーサと孫たちは、すべてのドアに四季の景色が描かれたイギリス製の最新式馬車に腰を下ろしている。ふかふかの緑の絹のクッション。屋根があり、ドイツ製の車輪がついていて、バージニアからメリーランドへのでこぼこ道も快適だ。

男性の奴隷とロバート・ルイスは馬で行く。オーナとモルは小型の馬車（チャリオット）に乗っている。「馬車」といえば聞こえはいいが、立ったまま乗らなければならず、屋根もない。小さな石のひとつ、地面のくぼみひとつでがたがたゆれる。荷物は荷車に積まれている。

列をなして進む一行の最初の難所はポトマック川だ。メリーランド州ジョージタウンに行くために、はしけに乗ってわたらなければならない。マーサと孫たちが最初のはしけに乗り、奴隷たちは次のはしけに乗る。はしけは人がこぐ。バージニアから男性たちを乗せてきた馬は川の手前でお役ごめんとなり、川の向こうで待つジョージが手配した馬と交代した。馬の準備が整うまで、マーサと孫たちは近くの宿で休憩した。

たとえ緑の絹のクッションがある荷馬車に乗っていても、旅にほこりはつきものだ。マーサの衣服は道から舞い上がったほこりでよごれた。当然、オーナの服もモルの服も、オースティンやクリストファー・シールズの服もほこりまみれだ。まずきれいにすべきなのはもちろんマーサの服だ。

宿に入ると、オーナはマーサの着がえを手伝い、脱いだ服のほこりを払い、たたんでトランクにつめる。ボンネットも脱がせて、髪をすく。数時間のうちにまた出発だ。

ボルチモアに着いてはじめて、マーサが有名人になっていることがわかった。自分の所有者に大勢の見知らぬ人の目が注がれているのを見て、オーナは夢見心地になったにちがいない。大勢の男女がボルチモア郊外でマーサを出迎え、ボルチモアの中心地に案内した。マーサは、マクヘンリー夫妻の家に滞在する。夫のジェイムズは革命戦争のときに、ジョージやラファイエットの側近を務めていた。マーサの宿泊した晩、花火が打ち上げられ、夜中の二時にはセレナーデが奏でられた。

オーナとモルはおそらくマクヘンリー家の奴隷とともに奴隷小屋で過ごしただろう。ふたりも、マーサの孫たちの世話をしながら、花火を見たにちがいない。

一行は、人出を避けて翌朝五時に出発した。マーサが注目されるのを嫌ったためではなく、一刻も早く、フィラデルフィアに住む友人―ロバート・モリス、メアリー・モリス夫妻―の家に着きたかったからだ。一行は五日間ほどフィラデルフィアに滞在し、五月二十五日に最終目的地のニューヨーク市に向けて出発する。

マーサは、黒人はなにも知らないと考えていたので、連れてきた奴隷たちが「フィラデルフィア」という語に心躍らせていたと知ったら、さぞ驚いたことだろう。オーナをはじめ奴隷たちはみな、フィラデルフィアという地名をずっと前から知っていた。ウィリアム・リーからさまざまな話を聞き、マウントバーノンを出たときから、空想をふくらませていた。とりわけ、ウィリアムがマーガレットという自由黒人の女性との恋を実らせる直前だったという話は、忘れることはなかったろう。普通の奴隷にはありえない話だからだ。

ウィリアム・リーは結局マーガレットと結ばれることはなく、失恋のあと、次つぎと悲劇に襲われる。一七八五年、けがで一方のひざを痛め、一七八八年、寒い雪の日にすべってころんで、もう一方のひざも痛めた。それでもジョージは、ニューヨークに連れていく奴隷の一団にウィリアムを加えた。

オーナもニューヨークに着くまでにはまだ時間がかかる。次に滞在するのはフィラデルフィア。オーナの人生を決定的に変えることになる町だ。

第六章　運命を変えた町

オーナが最後にフィラデルフィアを出たのは一七九六年五月のことだった。その七年前の一七八九年五月、オーナははじめてフィラデルフィアに足を踏み入れた。はじめて見るフィラデルフィアに、オーナは目を丸くした。芝生も鳥のさえずりも、広大な農場もない。みな狭苦しいところに暮らしている。どの家も狭く、地面には丸石がしきつめられている。なんと、自由な白人に交じって自由黒人もいる。オーナは未知の世界にほうりこまれてしまったにちがいない。

オーナは物覚えが速い。それはいいことだ。学ぶことは山ほどあるのだから。

一七八九年のフィラデルフィアはアメリカ最大の都市だった。マウントバーノンがあるバージニア州フェアファックス郡の人口は一万二千人以上で、そのうち四千五百人以上が奴隷だった。マウントバーノンは人口三百人、そのうち二百人が奴隷だった。オーナにとっては、広大な土地に、白人より多くの黒人の住んでいることが当たり前だった。

フィラデルフィアは逆だった。四万四千人近い人口のうち、奴隷はたった二百七十三人だった。男女合わせておよそ千八百人の自由黒人も暮らしていた。人口でも、商業でも海運業でも、当時のアメリカのトップを走っていたが、興味深いことにほかの州に先がけて奴隷制度廃止運動が行われていたのもフィラデルフィアだった。

奴隷制は北部より南部で広く受け入れられていた。一七九〇年に行われたアメリカで最初の国勢調査によると、南部にいる奴隷は北部の奴隷より圧倒的に多い。

北部（マサチューセッツ、ニューハンプシャー、ロードアイランド、コネティカット、ニューヨーク、ニュージャージー、ペンシルベニア、デラウェアの八州）の人口百八十四万五千百六十九人のうち、奴隷は約三パーセントにあたる四万九千二百四十一人なのに、南部（ノースカロライナ、サウスカロライナ、バージニア、メリーランド、ジョージアの五州）の全人口は百五十四万三千六百三十七人、そのうち奴隷は三十四パーセントにあたる五十二万五千四百九十九人だった。

南部の州は、世界じゅうにたばこやコメ、砂糖などの作物を売って現金を得ていた。食料となる作物はアメリカ全土で栽培できたが、温暖な気候の南部ではほぼ一年じゅう作物を育てることができたのに対し、北部では冬が長く、気温も低いため、栽培期間が短い。

マーサは一七三一年に、ジョージは一七三二年に生まれたが、そのころにはもう奴隷制は当たり前になっていた。ふたりはそれぞれ裕福な家庭に育ち、富を得るのも奴隷を所有する

17世紀から18世紀のフィラデルフィア。立ち並ぶ立派な建物と行きかう船がフィラデルフィアの繁栄を物語っている。

のも当然のこととして育った。しかし、さまざまな出会いを通して人の考えは変わるものだ。マーサは、奴隷制がずっと続くことを望んでいたが、ジョージは微妙に考えを変えていった。

奴隷制に対する考え方を見直し始めた人はほかにもいた。アメリカではよく知られた人物で、フィラデルフィアのマーサの滞在先近くに住んでいたベンジャミン・フランクリンもそのひとりだ。

ベンジャミン・フランクリンはワシントン夫妻より二十五歳くらい年上で、奴隷を所有していた時期もある。一七〇六年にボストンで生まれ、一七二三年にフィラデルフィアに越してきて、印刷工として働き始め、いくつ

ベンジャミン・フランクリン（1706-1790）　印刷業で成功したのち、政治家となる。独立宣言起草委員、パリ条約使節団に名を連ねる。

もの職業を経験する。フランクリンは勤勉で貯蓄にはげむ現実的な人で、周囲を楽しませることのできる人でもあった。

フランクリンはこんなふうに言っていた。「わたしは長く生きているので、よりよい情報を得て、深く考えた結果、昔は正しいと思っていた重要な案件についても、まちがっていると気づけば、考えを変えないわけにはいかないことも多々あった」

フランクリンはためらわずに自分の考えを変えることができた。

フランクリンの奴隷制に対する考え方がゆらいだのは一七六〇年ころだと思われる。その年、フランクリンは黒人の子どものための学校を建設することに尽力した組織「ブレイ友の会」の会員となっている。フィラデルフィアの著名な黒人指導者、アブサロム・ジョーンズも一時こうした学校のひとつに通っていたことがある。一七六三年、フランクリンは黒人の子どものための学校を訪ね、白人の子どもと黒人の子どもに知性の差はないと手紙に書いている。フランスに向かう前年の一七七五年には、「黒人は、生まれながらの理解力は劣っていないが、教育の恩恵を受けていない」とも書いている。一七八五年にフランスからペンシルベニアに戻り、奴隷制度廃止を使命とする最初の組織、「非合法に拘束された自由黒人の救済のための協会」に入会する。

フランクリンだけでなくペンシルベニア州も奴隷制に反対する運動の先頭に立っていた。一七八〇年、ペンシルベニア州は段階的奴隷制度廃止法を可決した。その法律には、一七八〇年およびその後にペンシルベニア州で生まれた奴隷は、二十八歳の誕生日までに法的に解放されるとある。ほかの州から越してきた奴隷は全員登録され、二十八歳に達すれば、同じく解放される。

フランクリンは奴隷制の問題を解決することが、最後の使命のひとつだと考えた。フランクリンは晩年—ちょうどオーナがはじめてフィラデルフィアの丸石の通りを歩いていたころ—、若いころなら正気とは思えないようなことを実行している。できたばかりの合衆国議会に、奴隷制度廃止を求める請願書を提出したのだ。その中で奴隷のことを、「人間性を残酷なほどおとしめられた存在」としている。

1775年に設立されたペンシルベニア奴隷制廃止協会のロゴ。

フランクリンが考えを変えたことは明らかだ。普通ならば、新大統領夫人は当然この有名人を訪ねるだろう。ジョージは明らかにフランクリンを知っていた。それなのに、マーサはフランクリンのもとを訪れなかった。マーサには、フランクリンら奴隷制廃止論者と同じ考えを持っているふりはできなかった。奴隷を解放する気はさらさらないばかりか、フィラデルフィアじゅうに蔓延していると思われる「自由」という伝染病から、オーナたち奴隷を守るためなら、どんなことだってするつもりだった。

しかし、マーサは奴隷たちを完全に守りきれたとはいえない。マーサのまわりには似たような考えの人しかおらず、考えのちがう人がいるなどとは思わなかったのだろう。マーサの奴隷制に対する考えはフランクリンの考えと相いれないばかりか、フィラデルフィアを建設したクエーカーの信条とも対立していた。

ペンシルベニア植民地は一六八一年、ウィリアム・ペンによって創設された。ペンも、ペンといっしょに来た人たちも多くがクエーカーだった。クエーカーはキリスト教の一派でフレンド派とかキリスト友会ともよばれ、平和、平等、質素を旨とし、すべての人は平等であるとして、一部の人を特別扱いするのに反対していた。神秘体験をしたときに体をふるわせたことから「ふるわせる人」の意味を持つ「クエーカー」とよばれるようになった。

ペンシルベニア植民地が創設された十七世紀後半、クエーカーも奴隷を所有していたが、奴隷を人間的に扱っていると信じて疑わなかったので、問題ないと考えた。しかし奴隷所有は問題だった。クエーカーたちはすぐにそのことに気づいた。一六〇〇年代の後半から数十年にわたって、クエーカーたちは、奴隷制をめぐる議論をくり返し、一七五八年には、ペンシルベニア州のクエーカーは、信者が奴隷を所有すること、奴隷貿易にかかわることを禁じた。

マーサとその一行が到着したころには、クエーカーはいつ、だれにでも、奴隷制はまちがっていると説いていた。クエーカーや黒人以外にも奴隷制に反対している人はいた。アイルラ

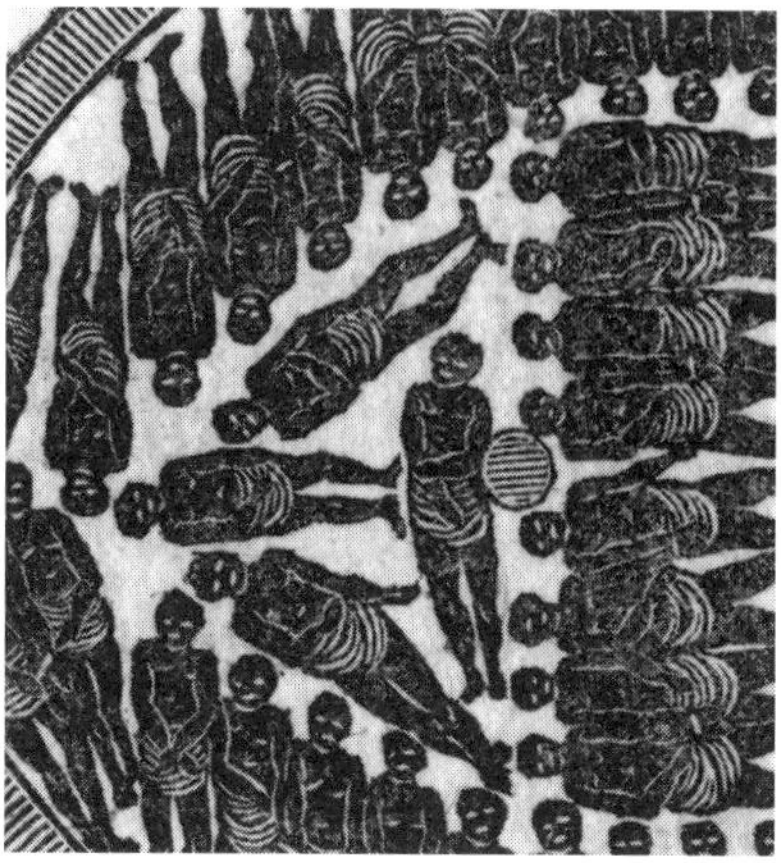

奴隷船ブルックス号に詰めこまれた奴隷たちを描いた絵。

ンド生まれのカトリック教徒、マシュー・ケアリーもそのひとりだった。

新聞もテレビもコンピューターもない当時の人たちが情報を得る手段のひとつが、「ブロードサイド」とよばれる大判の印刷物だった。重要なニュースを印刷したブロードサイドは、あちこちの壁に貼られ、多くの人に読まれた。

ケアリーは印刷工としてベンジャミン・フランクリンの印刷工場で働いていたことがある。一七八九年、ケアリーはかつてロンドンから合衆国に入ってきた有名なブロードサイドを増刷した。『奴隷船ブルックス号』とよばれたブロードサイドで、米英両国民はこれによって、何千人ものアフリカ人をアメリカの海岸に運ぶことがどういうことかはじめて知ることができた。

このブロードサイドは、奴隷貿易がいかに残酷で非人間的なものであるかを万人に示した。説明文の上にある絵には、アフリカ人が、狭くきたないところに食べるものもなく、人間の尊厳も無視されて詰めこまれている様子が描かれている。フィラデルフィアでこのブロードサイドが印刷されると、クエーカーをはじめとする奴隷制度廃止論者だけでなく、これまで奴隷制度についてなにも考えていなかった人にまで、奴隷制度は苦痛に満ちたものだという印象を与え、ペンシルベニアでの奴隷制度廃止運動は大きく前進することになる。

マーサやロバート・ルイス、そしてオーナをはじめとする奴隷たちがフィラデルフィアに着いた一七八九年五月、奴隷船のブロードサイドは町のいたるところにあった。町はこの話題で持ちきりで、人々は、奴隷制度は忌まわしい習慣だとあちこちで声高に話していた。店や庭園、住宅などマーサが行くおしゃれな場所でも目に入る。マーサは顔をそむけるしかなかったろう。

マーサの行くところへはオーナも行く。マーサが顔をそむけたブロードサイドを、オーナは見たのではないか。たとえ読み書きができなくても、絵に度肝を抜かれただろう。オーナはマーサが歩き続けているかぎり、じっくり絵を見る時間はない。それでも、マーサの行きつけのレストランから滞在先のモリス家までの二十ブロック、マーサのうしろについて歩きながら、オーナは、自由の鐘（フィラデルフィアにある、アメリカの自由と独立を象徴する鐘）をも叩き割るほどの強い衝撃を覚えたことだろう。

そのときオーナは、いちばんのドレスを着て、髪をきれいにすき、大統領夫人の馬車のうしろを、ちょっとほこらしく、いい気分で歩いている。わたしはあのマーサ・ワシントンの身の回りの世話をする奴隷、小麦畑で働かされたり、奴隷船で手かせ足かせをはめられたりはしていない、と思いながら。しかし、あたりを見ると、じろじろこちらを見る黒人がいる。目が合って、オーナは気づく。自由黒人だ。おそらく自由黒人の男性のとなりには、自由黒人の女性がいたことだろう。その周りにはさらに多くの自由黒人がいる。だれもオーナに好感を抱いているようには見えない。みんな顔をしかめているようだ。

　自分の世界観が完全にひっくり返されるような発見をした瞬間はどんなものだろう。オーナがフィラデルフィアで自由黒人の男女と出会ったときは、まさにそんな瞬間だったのではないか。大統領夫妻に仕えているというほこりゆえに、自分の目は曇り、自由黒人にははっきり見えるものが自分には見えていない、とオーナは気づいたかもしれない。だとすれば、ほこりに思うのではなく怒らなければ。

　フィラデルフィアには、新しいものも、めずらしいものもたくさんあるが、今、オーナは新たな現実に直面している。マウントバーノンにいるオーナの家族は、生まれてから死ぬまで奴隷でいることが唯一の生き方だと考えているが、北部の黒人の中にはそうは思っていない人がいるのだ。

オーナはまだ知らないが、アメリカには、専門的な職業人として成功し、自由に、比較的幸福に暮らしている黒人もいた。天文学者のベンジャミン・バネカーや詩人のジュピター・ハモンなどだ。すべてはこれからだ。オーナは、これまでの人生は、思いちがいの上になりたっていたと、ぼんやりとではあるが感じていたにちがいない。奴隷であることはいまいましいことだが、心は自由になんでも考えられる。オーナはひとつの世界しか知らずにフィラデルフィアに来たが、ちがった世界もある、自分の世界も変えられると希望を抱いて、フィラデルフィアをはなれた。

第七章　ニューヨークの生活

オーナは五日間フィラデルフィアに滞在し、休む間もなく働いた。マーサは旧友に会い、買い物に行き、おいしい食事を楽しんだ。オーナの仕事は、なにか問題が起こらないかぎり、透明人間のようにマーサにつき従うことだ。マーサは大満足な時を過ごしていた。滞在先の主人ロバート・モリスはすでにフィラデルフィアを出て、その週の後半にニュージャージーのエリザベスタウンでマーサ一行を出迎えることになっている。

一行は二日かけてエリザベスタウンに到着した。エリザベスタウンにはハドソン川をわたる船のために公設の船着き場がある。マーサ一行は大統領とロバート・モリスの出迎えを受けた。船着き場には長さ四十七フィート（約十四メートル）のはしけが用意されていて、一行はそれに乗って川をわたり、新居に向かう。このはしけは、一か月前にジョージをニューヨークに運んだはしけで、新大統領のためにつくられたものだ。

オーナは川をわたるとき、わたし船の手すりにもたれて立っていることができただろう。これも、オーナの世界を広げる経験だった。大統領とその家族に敬意を表して兵士が十三発の礼砲を撃っている。マーサがボルチモアやフィラデルフィアでセレブの扱いを受けたとすれば、ジョージはさしずめニューヨーク市のロックスターといったところだ。わたし船が接岸すると、オーナは目の前に林立するレンガづくりの建物に目を見張ったことだろう。フィラデルフィアと同じように、建物は、くっつき合って建っている。歩道には鯨油ランプが立ちならぶ。ニューヨーク州知事のジョージ・クリントンが歓迎のあいさつを終えると、ワシントン夫妻と一行はチェリー通りの邸宅に案内された。オーナはきょろきょろしていたにちがいない。ニューヨークに来て、オーナはまた大きな衝撃を受けていた。

オーナは、エンパイアーステート・ビルディングは見ていない。このときにはまだできていなかった。十八世紀末のニューヨークにはまだ、摩天楼も地下鉄もタクシーもウーバーの配車サービスもセントラルパークもなかった。住民の大部分は下町に住んでいた。マウントバーノンでは、広大な敷地の中心にお屋敷が、その周りにさまざまな奴隷小屋、職業別の建物があり、いちばん外側に広大な農場が広がっている。だが、ニューヨークの下町で目にするのは、われ先にと、せわしなく動き回る人の群ればかりだ。

どこにも人、人、人だ。オーナはわきによけて人を通したり、後ずさりをして、だれかに押しのけられるのを避けたりしなければならない。毛並みのいい馬に引かれたおしゃれな馬車も通れば、荷車や荷馬車も通る。ワシントン家の奴隷ジャイルズやパリスのように、馬車の馬を御するのはニューヨークに住む黒人たちだ。フィラデルフィアとちがってニューヨークでは、大都市なのに、奴隷がいた。それどころか、奴隷の黒人御者を所有することが、金持ちのステイタスシンボルだった。マーサは胸をなでおろした。ベンジャミン・フランクリンのような人がいたフィラデルフィアでは、気が気でなかったが、ニューヨークでは知事みずから奴隷を所有しているのだから。

十三州は通貨もまちまちだったが、奴隷制度についての法律もまちまちだった。ペンシルベニア州、なかでもフィラデルフィア市は奴隷制度廃止運動の先頭に立っていたが、その動きはペンシルベニア州だけではなかった。マサチューセッツ州（現在のメイン州も含む）やコネティカット州ではすでに奴隷を禁止していた。ニューハンプシャー州（現在のバーモント州も含む）でも奴隷の数を大幅に減らしていた。それに対して、ニューヨーク州やニュージャージー州では、奴隷所有が認められていた。時代の岐路ともいうべきときだった。ニューヨークのジョージ・クリントン州知事のように、奴隷制廃止協会に属しながら、奴隷を所有している人もいた。上層部の考えがまちまちだと住民はたまらない。一七八九年のニューヨークの黒人住民は悲惨だった。自由黒人にはお金がなかった。そして、奴隷の黒人には、自由がなかった。

北部と南部の奴隷制に大きなちがいを生んだ要因のひとつは、北部には広大な農園がないことだった。ニューヨークのような大都市には土地に限りがあるため、ニューヨークの白人は、奴隷を所有していたとしても人数はそれほど多くはなかった。

さらに、ニューヨークの奴隷は男性よりも女性のほうが多かった。ここでは家事を切り盛りすることが最優先で、それは主に女性の仕事だった。便利な家電のない時代、家事は重労働だったのだ。

ニューヨークの金持ちの家にはたいてい、大勢の人が住んでいる。ワシントン夫妻のところも例外ではなく、夫妻が暮らすマンハッタン島の下町の住宅には、ひとつ屋根の下に三十人ほどの人が暮らすことになる。家事はきりもなくある。

オーナもほかの奴隷も四六時中働かされるわけだが、オーナの主な仕事は家事ではなくマーサの世話だ。家事労働をこなすのは、男性の黒人奴隷数人と、十四人の白人召使いだった。

オーナはこれまで白人所有者の近くで暮らしてきた。命じられるまま、マーサとお屋敷で過ごしたときもある。だが、ひとつの家で、毎日、白人召使いと暮らすのははじめてだった。しかし、極貧にあえぎ、生活苦と戦う無力な白人たちといっしょに過ごすのははじめてだ。白人召使いといると、自分と彼らの生活のちがいがはっきりわかる。いくら合衆国大統領夫人のお気に入りの奴隷であろうと、奴隷は奴隷で、人間以下としかみなされない。自由とは、本来の人間に戻るということだ。こう気づいたことが大きな力になったにちがいない。オーナは次第に顔を上げ、新しい家や新しい町、新しい仕事仲間を見回し始める。

　フィラデルフィアには自由に生活し働く黒人男女がいたことを、オーナはニューヨークに来て思い出す。木製のドアと大理石の階段がついた、大統領の新居に足を踏み入れたとき、オーナは自分がワシントン夫妻の所有物だと思い知らされたことだろう。相反するものが混在するニューヨークにいたからこそ、オーナははっきりと自分の将来を見たのかもしれない。北部の暮らしは今までとはちがう。オーナ自身も今までとはちがう。

第八章　大統領の病気

一七八九年のニューヨークは、多くの点でこんにちと同じ特徴を持っていた。つまり、なんでもありの町で、最高のものもあれば最低のものもあった。当時はそのために、なにを信頼し、なにを期待し、なにに価値を置けばいいか判断するのが難しかった。憲法には、すべての人は平等に生まれ、同じ権利を持つに値すると書かれている。しかし、すべての人が平等で同等な権利を持っていたわけではない。まだまだ時間がかかる。新国家には不確定なことがたくさんある。ニューヨークで起こっていることはそのいい例だった。

ニューヨークにはクリントン知事のような金持ちもいれば、ワシントン家に働きに来る白人召使いのような貧しい人もいた。高等教育を受けた人もいれば、奴隷でなくても、ただの一日も学校に通ったことのない人もいた。ニューヨーク奴隷解放協会には奴隷制度廃止論者が所属していたが、そうした奴隷制度廃止論者の多くは奴隷を所有していた。

逃亡奴隷たちはニューヨークの暗がりや路地に身を隠し、身分のばれない仕事にありつきたいと思っていた。自由黒人は、仕事が見つかればなんでもしたが、できる仕事は限られていた。成り上がりの白人は奴隷を所有して自分をえらそうに見せたり、奴隷を働かせてもう

For Sale,

A LIKELY, HEALTHY, YOUNG

NEGRO WENCH,

BETWEEN fifteen and ſixteen Years old: She has been uſed to the Farming Buſineſs. Sold for want of Employ.—Enquire at No. 81, William-ſtreet.

New-York, March 30, 1789.

1789年3月30日、ニューヨークで出された「見目よく、健康で、若い黒人少女売ります」の広告。十代半ばで農作業に従事させていたとある。

けたりした。自由黒人の多くは男性も女性も堂々と、ほこり高く生きていた。ニューヨークに住むすべての黒人の評判や威信を高めるためのクラブや組織をつくる動きもあった。まだまだ問題は山のようにある。法律も習慣も、新政府を置く場所すらも決まっていない。オーナは一年半にわたって、まったく予想外の暮らしに翻弄されることになる。すべてが落ち着くにはまだ何か月もかかる。

五十八歳になっていたマーサは、ニューヨークに着いた最初の日、まず食事に出かけた。オーナはまたマーサに服を着せ、髪を整えたことだろう。靴のかかとに土はついていないか、コルセットはきつすぎないか、確認したことだろう。オーナは、たとえくたくたでもマーサのお供をしていったかもしれない。マーサがあちこち出かけることができたのは、マーサ自身のエネルギーもさることながら、オーナがいたからだ。オーナは温度調節器さながらに、常に感情を「冷静」に設定しておくことができた。オーナはマーサにとって、いつもそこにある感情調節器のようなものだった。だからマーサは好きなようにふるまえる。悲しんでも、怒っても、だれかをどなりつけても、氷のようにつめたくなっても、喜びを爆発させてもよかった。オーナがいつもそばにいて、感情の起伏が激しいマーサを助けていたからだ。それは義姉シャーロットにはまねできないことだった。シャーロットは、農園の監督に悪態をついたり、奴隷制をののしったりせずにはいられなかった。オーナは知的で勇敢だっただけでなく、常に冷静だったので、マーサにとってますます大事な存在になっていた。

一七八九年六月、マーサがニューヨークに到着して一か月も経たないのに、五十七歳のジョージが病に倒れた。もしものことがあれば大変なことになる。

考えようによっては、ジョージがこれまで病気にならなかったのが不思議なくらいだ。当時の平均寿命は三十五歳から四十五歳だったのだから。ジョージはおとなになってからのほとんどを戦場で過ごした。寄る年波に加え、不衛生で過酷な戦場はジョージの体にはこたえていた。六月に熱で倒れ、その熱がなかなか引かない。そのうえ、左足に腫瘍ができ、痛みで動けなくなった。六月十七日、ニューヨークの著名な医師サミュエル・バードによって左足の手術が行われた。

官邸内の人はみな神経をぴりぴりさせていた。外部の人も大統領の病気に気づいているにちがいない。どんなことでもはじめは心配なものだが、建国まもない合衆国も例外ではない。ジョージは頼りがいのある大統領だとだれからも思われていたので、もし万一のことがあれば、国は一大事だ。ワシントン家の人たちはジョージの病気を伏せておくことにした。だが、それがいけなかった。合衆国初代大統領が死にかけているのに、元気だとうそをつき続けなければならない。オーナも含め邸内のすべての人にとって、大変なことだった。

マーサはもうニューヨークの暮らしがいやになっていた。夫が病気になったことで、次つぎ心配なことが出てくる。そこでますますオーナを頼る。北部という未知の世界にほうりこまれたオーナは、マーサに仕えるしかない。そのマーサはジョージの看病をしている。その後数か月、ジョージは生死の境をさまようことになる。

はじめのうち、ワシントン家の人たちはみな途方に暮れていた。でも、生活はしなければならない。服を縫い、髪をすき、孫たちを遊ばせ勉強させる。食料は近くの市場に買いに行く。靴の修理も必要だ。ニューヨークでは、自給自足のマウントバーノンとはちがって、靴は靴職人のところに持っていき、粉はわざわざ買いに行く。どんなものも買いに行き、持ち帰り、仕分けをする。しかし奴隷も召使いも、まだ不慣れな町でいつもどおり、ちゃんと仕事をこなした。

ジョージは回復した。よい治療を受けられ、強い体に恵まれ、そして、なにより、運がよかったのだ。それでも完全に回復するには長い時間がかかった。秋が過ぎ、冬も終わりに近づいた一七九〇年二月になってようやくジョージは大統領の仕事に復帰した。

オーナは、北部でのはじめての冬に面食らったのではないだろうか。ニューヨークに雪が降ると、命の危険があるほど厳しい寒さになることがある。オーナは雨氷で凍りついた丸石の通りに足をとられてすべってころんだにちがいない。寒さをしのげるコートはなく、外に出れば身震いしたろう。モルといっしょに使う屋根裏部屋の窓枠からはつめたいすきま風が入りこんだにちがいない。こみ合った家のいい点は、体を寄せ合えば温まれることだと気づいたかもしれない。

ジョージの体力が回復するにつれて、マーサはまた元気に活動し始めた。オーナとジョージ以外にマーサの気持ちをわかる人はまずいない。マーサは社交の場で、このうえなく品よく優美に、大統領夫人の務めを果たした。なじみのない人と話すのが苦手なジョージとちがい、友人知人、政界人を招いてパーティを開いた。

オーナはワシントン夫妻の社交の機会を待ち望んでいたにちがいない。その時間はひとりになれる。マウントバーノンにいれば、夜、奴隷小屋に逃げ帰って、母親やきょうだいと過ごせるのに、ニューヨークではそれはできない。いつも周りに人がいる。

ジョージが完全に回復すると、一家は近くのさらに大きな家に引っ越した。今度の家はブロードウェイの三十九丁目から四十一丁目にまたがっていて、ハドソン川を見わたすことができ、立派なじゅうたんに美しい家具もある。引っ越しの重労働は奴隷たちが担う。引っ越しトラックも手押し車も、トレーラーのレンタルサービスもない時代のことだ。オーナもスカートのすそを足にからませながら、重い木箱を上へ下へと運んだのだろうか。

引っ越しがすむと、オーナはまたいつもの生活に戻り、朝はマーサの孫娘ネリーを、トマス・ジェファソンが住む通りにある学校へ送る。午後にはマーサの服を縫ったり洗ったりする。夜になると、マーサが集まりに出かけるのを手伝う。オーナはこうしてマンハッタンの下町の通りを覚えたにちがいない。通りですれちがう人の中には顔見知りもできただろう。帽子を上げてオーナにあいさつする自由黒人の若者もいただろう。オーナは、ニューヨーク奴隷解放協会が設立した黒人の子どもたちのための学校のそばを通ったのではないだろうか。一八〇〇年代に知られるようになる黒人指導者のほとんどがこの学校で学んでいる。

一七九〇年六月、トマス・ジェファソン邸で晩餐会が開かれた。集まった三人の大物政治家―ジェファソン、アレクサンダー・ハミルトン、ジェイムズ・マディソン―は、やがて奴隷たちにも大きな影響を与えることについて話し合った。そのひとつが、首都をどこに置くかだった。アレクサンダー・ハミルトンは合衆国の首都をニューヨークに置いておきたかった。バージニア出身のトマス・ジェファソンとジェイムズ・マディソンはマウントバーノンに近いポトマック川ぞいに移したかった。

ハミルトンとジェファソンは不仲だったが、協力しなければならないことはわかっていた。ハミルトンは、首都の場所も重要だが、連邦政府が各州の借金を引き受けるべきだと考えていた。革命戦争のあいだに各州でたまりにたまった借金を連邦政府に肩代わりしてもらいたかった。ジェファソンやマディソンなど南部出身の指導者のほとんどは、これを望まなかった。奴隷制度のおかげで南部には北部ほど借金がないし、連邦政府に強大な権力を持たせたくなかったのだ。ハミルトンが、連邦政府が借金を肩代わりするなら、首都はポトマック川ぞいでもいい、という妥協案を出した。

ジェファソンもマディソンも同意した。三人は手始めに、今後十年間はフィラデルフィアを仮の首都とし、その間にポトマック川ぞいに新首都「連邦市」を建設すると決めた。

　このことがオーナにどんな関係があるだろう？　オーナはマウントバーノンからニューヨークに移ってきて、チェリー通りからブロードウェイに越したばかりだ。一家は夏のあいだはマウントバーノンで過ごすと決めていた。そのためにオーナも荷造りしなければならない。新首都をポトマック川ぞいに置くという建国の父たちの決定に、オーナは肩を落とした。フィラデルフィアに戻ることだけがオーナにとっては希望の光だった。フィラデルフィアはニューヨークよりも、そして、まちがいなくバージニアよりも多くの機会を黒人に与えてくれるからだ。

　ジョージ・ワシントンは、ジェファソンとマディソンに賛成した。首都をポトマック川ぞいに置きたいと思っていたからだ。ジョージは、大好きなマウントバーノンの近くに行けるならなんでもする。しかし、夏にマウントバーノンに戻る前に、ジョージはふたたび病気になった。ブロードウェイに引っ越したあと、インフルエンザにかかってしまったのだ。インフルエンザは町じゅうに流行していた。ジョージは前年、病気が長引いたことで、ウィルスに感染しやすくなっていたのだろう。四月の終わりには、命の危険があると診断され、今回は隠し通せなかった。

年齢を問わず、ニューヨークに住む何百人もの人たちが死んだ。ジョージは死なずにすんだ。耳はだいぶ遠くなったが、ともかく助かった。

夏のマウントバーノン行きは延期されていた。一七九〇年八月になってようやく、ワシントン家の人たちはニューヨークからバージニアに向かった。大統領からオーナにいたるまで全員が、ニューヨークでの激動の日々から早く抜け出してわが家に戻りたかった。オーナはこの一年のあいだに、だれよりも多くの急激な変化を経験した。しかも国じゅうでいちばん力のある夫妻に仕えながら、十代の若さで。

マウントバーノンに戻ったオーナは母親のベティと抱き合った。オーナは一年前のオーナではない。多くのことを経験して、賢くなっていた。秋にはさらに賢くなってフィラデルフィアに戻る。

第九章　だれの許可もいらない人生

フィラデルフィア市民は、自分たちの市が首都にならないことを知って落胆した。仮の首都がフィラデルフィアにあるあいだに、フィラデルフィアが首都としていかにふさわしいかを、大統領や有力議員に示すことができれば、政府高官も考えを変えて、フィラデルフィアを首都にするだろうと考える市民もいた。

しかし、そうはならなかった。なによりもまず、ジョージ・ワシントンがバージニア人だからだ。いくら北部諸州で楽しい時を過ごしたとしても、いくら北部の政治家に尊敬する人がいても、首都をふるさとのマウントバーノン近くに置くことはゆずれない。自分が生きているあいだだけでなく、孫子の代までも。

新首都は連邦市とよばれた。ジョージの死後、建設が完了したのちには、ジョージ・ワシントンにちなんで、コロンビア特別区ワシントンとよばれることになる。コロンビアはアメリカ合衆国の別称で、アメリカ大陸を発見したコロンブスの名前に由来する。

新首都は南部に建設されたので、実際に土地を開墾し、レンガを運び、材木を切り出したのは、南部の経済を豊かにしたのと同じ働き者たち、すなわち奴隷だった。実を言えば、ジェファソン、マディソン、ハミルトンの妥協案の中に、南部の奴隷所有者から奴隷を借りて、その奴隷たちにバージニア北部の炎天下で建設作業をやらせるという項目が入っていたのだ。その奴隷たちの大半には賃金が払われない。

オーナたち奴隷は、一七九〇年八月にマウントバーノンに帰った。一年も家族と遠くはなれていた人ならだれでもそうだが、うれしくもあり不安でもあった。オーナは母親やきょうだいに会えてうれしかっただろう。姉のベティ・デイビスにはナンシーという娘も生まれていた。母に再会し、姪をあやしたあとになって、オーナがいちばんつらかったのは、もう自分は一年前にここを出ていったときの自分ではないということだったのではないだろうか。ニューヨークでワシントン夫妻や側近たち、召使いや奴隷と、ひしめきあうように暮らしていることをどう家族に話せばいいだろう。白人の所有物ではない黒人もいるということを、家族は信じてくれるだろうか。フィラデルフィアの町のこと、市場にいる自由黒人のこと、黒人の自由がいたるところで話題になっていることを。

マウントバーノンには、オーナを羨望のまなざしで見る奴隷もいた。マーサのお気に入りだからだ。でも、気に入られているとかいないとか関係なく、だれにも所有されずに暮らしている黒人がいるのを、オーナは自分の目で見ていた。だからこそ、オーナは姪のナンシーにも自分にも明るい未来があるのではないかと、強い期待とあこがれを持ったにちがいない。

　ジョージは生前、奴隷制は道徳に反しているのではないかと確かに疑問に思ってはいた。だが、ワシントン夫妻が一七九〇年、お気に入りの奴隷を連れてフィラデルフィアに行くために、そうした疑問をわきに置いておいたことも事実だ。ワシントン夫妻が奴隷所有についてニューヨークで学んだことは、人間を所有することは非人道的だということ（ベンジャミン・フランクリンはそう信じていた）ではなく、どの奴隷を新居に連れていくか、さらに慎重に決めなければならないということだった（ちなみに、ベンジャミン・フランクリンはワシントン夫妻がフィラデルフィアに着く十一月にはもう亡くなっていた。ほかの人間を所有することがいかに非人道的なことか、最期にもう一度請願書を提出していた）。

　ジャイルズ、パリス、クリストファー・シールズ、オースティン、オーナ、そして、モルは、ワシントン夫妻の信頼を得て、マウントバーノンから戻る。ウィリアム・リーは年をとりすぎ、けがも重いので同行せず、マウントバーノンで養生するように命じられた。

　ジョージは同行させる奴隷として一組の親子を追加した。息子のリッチモンドは十七歳で、まだなんの取り柄もなかったが、父親はシェフのハーキュリーズで、マウントバーノンの奴

フィラデルフィアのワシントン邸。ホワイトハウスはまだ建設されていなかったため、ここが大統領官邸となった。

隷たちや白人によく知られ、尊敬されてもいた。うぬぼれが強く、厳格で、横柄で、絶大な権力を持ってキッチンを取り仕切っていた。人目をひくハンサムな男で、ジョージと同じくおしゃれだった。

ハーキュリーズはジョージの食べ物の好みを心得ていた。必要とあらば、豪華な宴会用の食事も用意できた。ハーキュリーズが自由に使える食材の量は半端ではなかった。夫妻は、ハーキュリーズのことを心から信頼していた。

大統領一行は一七九〇年十一月、マウントバーノンを出てまっすぐフィラデルフィアの六番通りとマーケット通りの角にある新居に向かった。そこは一年半前にマーサを歓迎したモリス夫妻の家で、独立記念館（かつて独立宣言が発せられ、ジョージをはじめ建国の父たちが合衆国憲法に署名した場所）からほど近い。モリス夫妻はワシントン夫妻のためにほかの場所に引っ越していた。この新居が大統領官邸として使われる。新首都にホワイトハウスが建設されるのは、まだ先のことだ。

この家はフィラデルフィアでもっとも大きな建物のひとつだった。ニューヨークにいたときと同様、大統領官邸には常に二十五人から三十人がひしめき合って暮らすことになる。オーナはここでも、白人とも黒人とも暮らす。ジョージ個人の秘書を務めるトビアス・リアも妻のポリー、よちよち歩きのベンジャミンといっしょに邸内で暮らす。ほかに四人の大統領側近もいた。家事を滞らせないために、十五人の白人召使いが新たに雇われて、人数はさらに増えた。

オーナは向こう六年間、二十五人から三十人の人といっしょに暮らすことになる。ジョージやマーサのプライバシーすら望めないのだから、奴隷のプライバシーはまずない。特にオーナの寝室は、二階にあるワシントン夫妻の寝室の隣で、あいだにあるのはドア一枚だった。

官邸は孫たちの部屋をつくるために改築されたばかりだった。ワシントン夫妻の部屋の隣にネリーの部屋があり、ネリーは奴隷のモルといっしょに寝る。反対側の隣にウォッシーの部屋があり、そこにオーナも寝る。大統領夫妻の寝室とのあいだにドアひとつしかない部屋で、オーナは安心して眠ることができただろうか。奴隷制の悲しい面のひとつだが、奴隷の女性や少女は常に白人男性に襲われないように備えていなければならない。体格の面で劣るし、所有物という身分でもあることから、まず勝ち目はなく、無力であることを彼女たちはよく知っている。これは女性の奴隷すべてにあてはまることで、オーナやモルも例外ではない。

大統領官邸は屋根裏まで常に人でいっぱいだ。しかし、オーナにとってはいいこともあった。

フィラデルフィア生まれの自由な白人召使いを毎日観察できたからだ。彼らは賃金をもらい、自由に町の中を動き回り、自分の人生を自分で決めることができた。やめたければ仕事をやめることもできた。

オーナは、どんなときにも、近くにいる白人召使いたちがなにをどのようにして、なにを選ぶか、つぶさに見ていたにちがいない。白人たちはなにをするのにもだれの許可もとらない。オーナは、許可をとらずになんでもできる人生について考え始めたにちがいない。

第十章　奴隷制度をめぐって

自由のことをいつも考えていた奴隷はオーナだけではなかった。三人の奴隷が、ペンシルベニア州の段階的奴隷制度廃止法を知って、一七九一年四月六日、自由を要求したのだ。このことが、ワシントン夫妻の奴隷に対する扱いに影響を与えることになる。

段階的奴隷制度廃止法は一七八〇年に可決された。ペンシルベニア州は、ほかのどの州よりも早く、奴隷制に反対する法律をつくったことになるが、この法律は複雑だった。

- いかなる人も新たに奴隷をペンシルベニアに輸入してはならない。
- ペンシルベニアの奴隷所有者は地元の裁判所に奴隷を登録しなければならない。
- ペンシルベニアにいる奴隷の女性に子どもが生まれた場合は、その子どもは法的には「奴隷」ではなく「年季奉公人」の身分で、二十八歳になるまで母親の所有者のために働かなければならない。
- 奴隷所有者がほかの州からペンシルベニア州に奴隷を連れてきた場合、その奴隷が六か月を超えてペンシルベニアに留まるなら解放される。

●連邦議会議員で奴隷を所有している者は、この法律に従う必要はない。

自由を要求した三人の奴隷の所有者は、ジョージ・ワシントンほど有名ではないが、アメリカ建国の父のひとりだった。彼は自分の奴隷が、段階的奴隷制度廃止法に気づくほど賢くはないし、奴隷は奴隷として生きることを望んでいるのではないかとも思っていた。信じられないような話だが、当時の奴隷所有者の多くは、そう言って奴隷制を正当化していた。とにかく彼は、三人の奴隷がやってきて、礼儀正しく、自由になりたいと要求するとは、夢にも思っていなかった。

きわめて恥ずかしいことに、この奴隷所有者はこの法律を知り尽くしているはずの人物だった。名はエドムンド・ランドルフ。弁護士にして、初代合衆国司法長官だった。かつて革命戦争のときにはジョージの側近を務め、のちにバージニア州知事になる。一七九一年、ランドルフは、司法省の役人だから、自分は奴隷を所有していることができると考えた。でも、それはまちがっていた。連邦議会議員は奴隷を所有できると書かれているが、政府高官についてはなにも書かれていない。さらに重要なことは、ランドルフが自分の奴隷を見くびっていたことだ。奴隷たちは自由にあこがれていたので、自由を得るためなら、フィラデルフィアの自由黒人に協力してもらい、なんでもする。ランドルフがそう認識していなかっただけだ。

　ランドルフは、なすすべもなく自分の奴隷を自由にするしかなかった。しかし、友人たち、とりわけ大統領夫妻が同じ目にあわないようにすることはできた。ランドルフはすぐに大統領官邸を訪ね、ジョージに面会を求めたが、大統領は三か月におよぶ南部諸州の視察のためバージニアに行っていて不在だった。そこでランドルフはマーサに面会を求めた。ランドルフはそれ以前にも何度も大統領官邸を訪れていた。マーサのかたわらにはいつもオーナがいた。しかし、きょうはいつもとはちがう。ランドルフはオーナの視線を避けて、「ちょっとこみ入った話で」と、マーサに言ったかもしれない。マーサとふたりだけで話したかった。ランドルフがオーナに目をやったのを見て、マーサはすぐに察したのだろう。オーナを部屋から出した。

　オーナは話の中身に興味を持ったはずだ。マーサに部屋から出されることなどめったになかったのだから。それでも、命じられるとおりにした。

　ランドルフの奴隷が自由を要求したといううわさは、フィラデルフィアの黒人社会にあっというまに広まった。オーナの耳にも届いていただろう。オーナは、もし自分も、ずっと仕えてきたワシントン夫妻のもとを去ることになったら、と考えていたかもしれない。

だとすれば、オーナはランドルフと同じことを考えていたことになる。ランドルフはワシントン夫妻に、自分と同じ過ちをしないようにと警告に来たのだから。ランドルフは一日かけて、奴隷制に関する法律をすべて読み直していた。法的には、自由にした奴隷を取り戻すことはもうできない。実をいえば、ランドルフは北部諸州の奴隷制度廃止法を完全にまちがって理解していた。ランドルフもジョージをはじめとする南部人の多くと同じように、奴隷制は奴隷自身のためになっている、奴隷は男も女も寛大な所有者のもとにいれば、自由になるよりよい暮らしができる、食事も住居も与えられ、面倒を見てもらえるのだから、と思っていた。それどころか、南部の白人男女の多くは、自分たちは奴隷を家族同様に扱っているとすら言っていた。

こうした考え方は「父親的温情主義」とよばれることがある。父親の権威で、生きるのに必要なものを与えて守ってはやるが、物事を選択する自由は与えない、という考えのことだ。奴隷は奴隷という身分に満足するべきだという考え方が奴隷所有者のあいだに広くあって、そういう所有者の多くは、自分たちは奴隷を特別大事に扱っているとも考えていた。ワシントン夫妻も例外ではない。現在では、奴隷制が人道に反していることは明らかだが、当時の奴隷所有者たちにとっては、奴隷の身になって考えるよりも、奴隷に親切にしてやっていると考えるほうが楽だったのだ。

また、同じくばかげたことだが、ワシントン夫妻やランドルフのような奴隷所有者は、自分たちの奴隷には、段階的奴隷制度廃止法のことを理解する能力はないと考えていた。奴隷所有者の大部分は、奴隷が読み書きを覚えるのを許さなかったから、奴隷たちがこの法律のことを知るのは、確かに難しかったかもしれない。ランドルフは考えもしなかったが、フィラデルフィアに越してきた奴隷は自由黒人に接触し、情報を得ることができた。ランドルフはマーサに、「二十八歳に達した奴隷は、六か月の在留期間を盾に、わたしの奴隷のまねをするかもしれないから」、奴隷から目をはなしてはいけないと忠告した。

オーナをはじめワシントン夫妻が連れてきた奴隷たちはみな、ペンシルベニアの法律ではワシントン家をはなれることができた。マーサはこのことを深刻に受け止め、すぐにジョージの秘書トビアス・リアをよんだ。トビアスはランドルフの身に起こったことを手紙でジョージに知らせた。奴隷がこの法律のことを知って出ていくことになれば、大変なことになる。夫妻の面目は丸つぶれだ。

トビアスは、邸内の奴隷の問題にどう対処するか指示してほしいとジョージに書き送った。

口には出さないが、トビアス自身は複雑だった。トビアスは奴隷制に反対する気運のあった北部ニューハンプシャー州ポーツマスの出身だった。また、ジョージに代わって各地で情報収集する過程で、北部諸州にある奴隷制に対する嫌悪感を感じ取ってもいただろう。官邸から奴隷制反対の動きが起こるのを食い止めるには、トビアスの入念な計画と、ジョージの蓄えすべてが必要になる。

それは予想したよりはるかに大変なことだった。ジョージは多くのことを成しとげてきたが、いつも借金をかかえていた。どれほど収穫があっても、借金を返しきれない。マーサは、ジョージよりはるかに金持ちだった。結婚後ジョージが管理していた財産も、所有者は、マーサおよびマーサの最初の夫の遺産相続人カスティス家だった。この場合、奴隷は財産で、財産とはお金のことだ。オーナをはじめフィラデルフィアにいるワシントン夫妻の奴隷が自由を要求して出ていけば、ジョージはその分をお金でカスティス家に弁償しなければならない。当時としては大変な金額になり、ジョージにそんなお金はなかった。

ジョージはトビアスにすぐ返信し、フィラデルフィアの奴隷制反対論者を非難した。彼らはこれまでにも増して大胆な手口でわたしの生活を破壊しようとしている、彼らはなによりもまず奴隷を見つけ出して、ペンシルベニアの法律を教えこもうとしているのだから、と。

ジョージは奴隷を大事にしていると自負していたが、自分の奴隷は黒人の自由という「伝染病」にかかりやすいとも思っていた。「自由になっても得るものはないと思うが、自由には抵抗し難いほどの誘惑があるかもしれないから」と、手紙に書いている。

幸い、法律には抜け道があり、ふたりは人の目をあざむく、わかりやすい計画を立てた。六か月を超えれば自由を要求できるというなら、奴隷たちのフィラデルフィア滞在が六か月を一秒たりとも超えないようにすればいい。奴隷たちには六か月ごとに、フィラデルフィアとマウントバーノンを行き来させる。こうすれば時間切れで自由を要求されることはない。フィラデルフィアからバージニアまで行くのが大変なら、ニュージャージーのような奴隷州にちょっと行くだけで同じ目的が果たせる。奴隷制の砂時計を半年ごとにひっくり返すのだ。夫妻は、これで奴隷を手放さずにすむと思った。しかし、一七八八年に法律が修正されたので、この方法もほんとうは違法だ。道徳的には不誠実きわまりない。六か月という期限はジョージが無視するためにあったようなものだ。ジョージは、不正を働いているとわかっていたはずだ。秘密裡に実行しなければならないと認識していたのだから。トビアスへの返信に、「奴隷たちも国民もあざむくような口実をつくって、実行してほしい。君と妻以外には絶対に知られないように頼む」とはっきり書いている。ジョージ・ワシントンにも普通の人間と変わらず欠点があったということだ。ジョージはまっとうなところもあったが、ことこの件に関しては、個人的な利益を最優先した。フィラデルフィアに六か月いれば、奴隷にも基本的人権のひとつである自由が与えられるのに、ワシントン夫妻はその期限が来る前に奴隷たちをフィラデルフィアから出すという。これが大統領夫妻のすることだろうか。さらに言えば、こんなことをすれば、それまで勇敢に国のために働き、命の危険をも冒してきたジョージの名を汚すことになる。ふたりには自分たちの行動を正す時間はあったが、その意思があるかどうかが問題だった。

第十一章　ふりまわされる奴隷たち

マーサは夫と孫を深く愛していた。家庭内のことを厳しく管理し、すべての奴隷や召使いのふるまいや働きぶりを監視していた。だが、政治のことや借金のこと、当時の新しい考え方にはあまり関心がなく、奴隷制は不道徳だと考えることはなかったようだ。マーサの最終目標はわかりやすい。自分の奴隷たちに段階的奴隷制度廃止法のことを知られないようにすることだ。

マーサはすぐに行動した。もう四月で、フィラデルフィアに着いた一七九〇年十一月からすでに五か月。奴隷たちは、法律のことを知れば、五月には自由を要求できると気づく。ランドルフの警告からして、奴隷たちがだれかにこの権利のことを吹きこまれるのは時間の問題だ。

オーナの兄オースティンは十月の終わりにはフィラデルフィアに着いている。もうすでに六か月過ぎている。本人が知らないだけだ。マーサはオースティンを自分の財産にしておくために悪智恵を働かせた。

マーサはオースティンを里帰りさせると妻のシャーロットに約束していたので、それを口実に、オースティンをマウントバーノンに帰すことにし、オースティンに十一ドル六十六セント、現在のお金にして二百九十ドル（日本円で三万円くらい）を持たせて、旅立たせた。

今度はほかの奴隷たちをどうするかだ。マーサとジョージは少し前に、段階的奴隷制度廃止法の一部を誤解していたことに気づいた。ふたりとも、クリストファー・シールズとハーキュリーズの息子リッチモンド、それにオーナの三人は、十代の若者なので、六か月の規定は適用されないと思っていた。だが、トビアス・リアがエドムンド・ランドルフに問い合わせて、そうではないとわかった。

マーサは、オースティンが四月二十四日にマウントバーノンに到着したことを確認すると、今度はほかの奴隷たちのことを考えた。奴隷たちを五月一日までにマウントバーノンに移動させることは不可能だ。そこでまたマーサは周囲をあざむく計画を立てた。ペンシルベニア州の隣にあるニュージャージー州は奴隷制を禁止していなかったので、マーサはオーナとクリストファー・シールズに、ニュージャージー州のトレントンに一日だけ出かける必要があると伝えた。三人がわたし船でデラウェア川をわたれば、オーナとクリストファー・シールズの六か月という期限はリセットされると夫妻は思った。

御者のジャイルズとパリスはジョージとともに南部に出かけているので、なんの手を打つ必要もない。ハーキュリーズの息子リッチモンドは、四月二十五日にバージニアのアレクサンドリアに船で行く予定だ。残るは、ワシントン夫妻の孫の面倒を見ているモルと、シェフのハーキュリーズだけだ。

モルがマウントバーノンに帰る計画はなかったことから、マーサに信頼されていたことがわかる。しかし、ハーキュリーズの場合は事情がちがう。彼が大統領家の中でいちばん大事な奴隷だということは、フィラデルフィアで知らない人はいない。彼は金を稼ぐことが許されていて、残った食材を売っては、一年に百ドルとか二百ドルを稼ぎ、その金で派手なものを買っては身に着けていた。自由黒人の知り合いも多く、もし、ペンシルベニアの法律を知る奴隷がいるとすれば、それはハーキュリーズだとワシントン夫妻は思った。

ワシントン夫妻は慎重にことを進めようと決め、ハーキュリーズをよぶと、四月末までにマウントバーノンに戻ったらどうかとさりげなく聞いた。ハーキュリーズは承諾し、大事にならずにすんだように見えた。

しかし、そうではなかった。ハーキュリーズはだれかに段階的奴隷制度廃止法のことを教えられ、ワシントン夫妻が「さりげなく」聞いたことは、実は別の意図があったのだと直感した。夫妻はハーキュリーズが六か月以上フィラデルフィアにいて、自由を要求することがないように、マウントバーノンに行かせようとしたのだ。

ハーキュリーズはワシントン夫妻に信頼されていないことを知った。しかし、自由を要求すれば、リッチモンドだけでなく、マウントバーノンに残してきた娘ふたりも厳しく罰せられるだろう。

ハーキュリーズは、家族を選んだ。本心を隠し、大芝居を打って、疑われたとは心外だと訴えた。

夫妻はほっとした。ハーキュリーズがみずから忠実な奴隷であることを示してくれたからには、もうハーキュリーズのことで頭を悩ます必要はない、とふたりは思った。

それから五年間、ハーキュリーズは身を粉にして夫妻に尽くした。しかし、一七九六年の夏、オーナが逃亡してすぐあとのこと、彼はマウントバーノンに送り返されたあげく、シェフを首にされ、農園での重労働をさせられた。耐えられない屈辱だった。

一七九七年二月二十二日、ハーキュリーズは逃亡した。ジョージ・ワシントンの六十五回目の誕生日だった。

実は、ジョージの忠実な秘書だったトビアス・リアもワシントン夫妻の奴隷に対する扱いに疑問を抱くようになっていた。ワシントン夫妻といっしょになって奴隷を半年ごとに移動させていたトビアスだが、奴隷制度そのものに嫌気がさしていた。トビアスは、そのことをジョージに伝えるようになり、ジョージもいつか自分の奴隷を解放したい意向をほのめかしている。しかし、奴隷たちはまだしばらくは、フィラデルフィアとマウントバーノンを行ったり来たりしなければならなかった。

第十二章　世界中が変わり始める

ワシントン夫妻が、国内で起こっている変化を奴隷たちに知られまいとしても、それは無理なことだった。最初の奴隷制廃止論者が、奴隷制は不道徳であると論じるとすぐに、国民のあいだに亀裂が生じた。オーナがフィラデルフィアの大統領官邸に移るころには、奴隷制反対の動きは止めようがなかった。しかし、段階的奴隷制度廃止法のように政策の面で前進があっても、それですぐ国民の考えが変わるわけではない。フィラデルフィアでも、褐色の肌の人に対する差別はあった。奴隷たちは、だれかの所有物であるという周知の事実にさからって自由を追求することが、どれくらい危険なことか、常に自分で判断しなければならなかった。

まずこのことに気づいた人のひとりがリチャード・アレン牧師だった。リチャードはフィラデルフィアに住む自由黒人で、アメリカ建国の父としても知られる。奴隷として生まれ、まだ子どものときに家族とはなればなれにされて、別の家族に売られた。

リチャードは日の出から日の入りまで、小麦や亜麻の畑で働き、巡回牧師の説教によく耳を傾けていた。やがて、施しを行い懸命に働くことでよりよい人生を送ることができるという、メソジスト教会の教えや精神に従って生きようと決める。

　リチャードは一七八〇年ころには、借金をして二千ドルで自由を買うことができた。オーナがフィラデルフィアに来るころには、リチャードは自由黒人社会の指導者のひとりとして知られていて、借金を返済するために木こりも靴の修理も煙突掃除もしていた。それ以外の時間には、説教をしたり黒人たちを指導したりしていた。こんにちリチャードは、ベテル・アフリカン・メソジスト・エピスコパル教会の創始者としてよく知られている。

　大統領官邸はリチャードの教会とも住居とも近い。もうひとりの黒人指導者アブサロム・ジョーンズも三ブロックもはなれていないところに住んでいた。フィラデルフィアは国内でも有数の大都市だが、住民の結びつきが非常に強いところで、オーナがこれら有力な黒人指導者のことを知らずに過ごしたとは考えられない。

　同時に、オーナがそういう人たちと話をする、少なくともおおっぴらに話をすることもありえない。オーナが自由黒人の指導者たちと話していたことをワシントン夫妻が知れば、オーナはマウントバーノンに追い払われるかもしれないし、それだけではすまないかもしれない。オーナは、ワシントン夫妻との現在の関係を悪くするようなことはしたくなかった。自由を追求するにはよほどの覚悟がいる。そのあとにどんな恐ろしいことが待っているか、知りす

ベテル・アフリカン・メソジスト・エピスコパル教会。1787年フィラデルフィアに設立された最初の黒人メソジスト教会。

ぎるくらい知っている。オーナにとって自由は夢のまた夢だ。マウントバーノンから来た三人の仲間の奴隷を見るがいい。

たとえば、ジャイルズ。ジョージの忠実な御者だったが、けがをきっかけにマウントバーノンに送り返され格下げされて、重労働をさせられた。

パリスの場合はどうか。ジョージの南部視察に同行したが、奴隷でしあわせだというふりをすることに耐えられなくなり、それが表に出てしまったため、マウントバーノンに帰れと命じられた。二年後に病気で死んだ。

クリストファー・シールズも、二度

とフィラデルフィアに来るなと言われて、マウントバーノンに帰された。理由はわからない。読み書きができたので、ワシントン夫妻は不安になったのかもしれない。ワシントン夫妻は躍起になって、奴隷たちに段階的奴隷制度廃止法のことを知らせまいとしていたので、ふたりにとって脅威だったのだろう。

フィラデルフィアでは奴隷制について議論が行われていた。自由黒人も大勢いたが、奴隷制は合衆国に深く根をおろしていたので、変えられそうもなかった。ジョージも論争に加わり、一七九三年二月に逃亡奴隷法に署名した。この法律によれば、奴隷の所有者もしくは所有者の代わりをしている者は逃亡奴隷を捕まえ、裁判官の前に突き出すことができる。奴隷所有者が文書あるいは口頭で「所有者であることを証明」できれば、裁判官は逃亡奴隷に、所有者のもとに帰れと命じることができる。また、奴隷の逃亡を助けた者、あるいは、逃亡奴隷の捕獲を妨げた者は、だれであっても、投獄され五百ドルの罰金が科され、奴隷所有者はその人物を訴えることができる。ちなみに一七九三年の五百ドルはこんにちの一万二千ドル、（日本円で約百二十万円）に相当する。

南部人はこの法律に喜んだ。これは国の法律なので州の法律よりも優先されるから、どこか北部の州が奴隷制を禁止しても痛くもかゆくもない。北部人の多くは、この法律によって国の分断がますます進むと考え、落胆した。南北の見解のちがいは、議会にも反映され、北部選出の議員は法案に反対した。国の分断はさらに進んだ。

逃亡奴隷法に対抗して、北部の多くの州が、逃亡奴隷の自由を守る法律を成立させ、逃亡奴隷として訴えられた黒人に、陪審裁判を受ける権利を与えた。北部の州はこの法律を使って、逃亡した奴隷を不当な手段で捕まえた奴隷所有者や代理人を訴えることもできた。

すべての国民が陪審裁判を受けられる権利は、憲法の修正第五条に、「何人も……法の適正な手続きを経ることなく、生命、自由、あるいは財産を奪われてはならない」と定められている。南部の州は、自分たちの財産権は国の法律で守られていると主張した。この場合、南部の州がいう財産とは「人間」つまり奴隷のことだ。論争に終わりはなく、逃亡を考えている奴隷たちはみな、逃亡したら大変危険な目にあうことをじゅうぶん認識していた。

この時点では、オーナはまだ逃亡を考えてはいなかったかもしれない。しかし、近くに顔見知りのいないところへ売り飛ばされることは常に恐れていた。フィラデルフィアから追放されたジャイルズやパリス、クリストファー・シールズの例から、こういうことはいつでも起こりうるとオーナは思っていた。つまり、オーナには逃亡という選択肢はなかった。一生懸命仕事をこなし続けるしかない。

しかし、変わらないものはない。とりわけ一七九三年のフィラデルフィアには大きな変化があった。当時、アメリカの独立に刺激されて、世界じゅうで反乱が起こり、革命の気運が高まっていたのだ。奴隷の反乱も起こっていたが、西半球でただひとつ成功したのがハイチで起こった反乱だった。フランス革命が起こり、王政は停止し、ルイ十六世とマリー・アントワネットはギロチンで処刑された。真夏のフィラデルフィアでは、あちこちで議会の開催を求める奴隷制廃止論者と奴隷所有者がにらみあいを続けていた。同じころ、西インド諸島から一隻の船が五ブロック先の波止場に着いたのだが、だれも気に留める者はいなかった。この船に乗りこんできた迷惑ものが、フィラデルフィアの町を過去最大のパニックに陥れる。

第十三章　伝染病であぶりだされたもの

一七九三年春、オーナはずっと、大統領夫人の社会的な務めと、奴隷に課せられる家事に専念した。オーナに夢や希望があったとしても、おおっぴらに追求することはできない。オーナの人生はワシントン夫妻の意思で決まる。

このころ、西インド諸島からこっそり船に乗ってやってきたものがある。蚊だ。やっかいものの蚊が、人の命を奪った。蚊は肌の色を選ばず、刺したいときに刺す。黒人白人、老若男女、お金のあるなしに関係なく、頭痛から始まり、寒気におそわれ、熱が出る。次第に内臓が弱り、死にいたる。黄熱病という恐ろしい病がフィラデルフィアじゅうに広がっていた。苦しまない人はいないのだが、蚊が病気を広めているとはだれも思わない。

何千人もの人が逃げ出した。ワシントン夫妻はマウントバーノンに避難すべく、奴隷や召使いに荷造りを命じた。当時はまだ医学が科学として確立していなかったため、原因を特定することができず、非科学的な予測が乱れ飛んだ。悪臭のせいだと考える人さえいた。

十一月に初霜が降りてようやく蚊はいなくなった。フィラデルフィアに住む四千人から五千人の白人が死に、四百人の黒人も死んだ。

オーナは流行のピークの時期にはフィラデルフィアにいなかった。ワシントン家のほかの人たちとマウントバーノンに避難していたからだ。もし残っていたら、白人と黒人が仲よくやっていくのがいかに難しいか、またもや知ることになっただろう。

黒人死者の数が白人死者と比べれば少なかったことから、黒人は黄熱病にかからないという仮説を立てた医者がいた。その医者は、看病や、死体の埋葬に黒人の協力を得たいと黒人指導者に働きかけた。黒人指導者たちは、この大変なときに黒人が白人に協力すれば、白人たちの黒人に対する見方を変えることができると考えた。黒人指導者たちは黒人市民をかき集め、できるかぎりの協力をした。しかし、その甲斐はなく、黒人も白人と同じ割合で命を落とした。

だれもが恐怖のどん底にいるときに、白人たちは、黒人が危篤の人や廃屋から略奪行為をしていると非難し始めた。黒人は失望し、自分たちに対する白人の偏見や憎しみ、暴力を変えることはできないのだと痛感した。

一七九三年が終わるころ、オーナはワシントン家の人たちとフィラデルフィアに戻ったが、見る影もなくなった通りを歩いて、白人と黒人の関係がさらに悪化したことに気づいただろう。オーナの耳にまず入ってきたのは、自由黒人たちは純粋に協力したかったのに、非難されて心を痛めているということだったろう。リチャード・アレンもアブサロム・ジョーンズも、悲しみを通り越して怒っていた。かつて、『奴隷船ブルックス号』を印刷したマシュー・ケアリーが今度は、黄熱病の蔓延しているときに黒人が白人の家を襲ったとするパンフレットを印刷した。多くの人がそれを読んだ。リチャードとアブサロムは、反論する本を何か月もかけて書き上げ、一七九四年に出版した。この中でリチャードは、奴隷の解放を訴え、人種差別に抗議した。

奴隷制廃止運動で先進的なフィラデルフィアでさえ、リチャードの訴えがすべて人々の心に届いたわけではない。肌の色が褐色だというだけで、黒人は劣っていると考える白人もいたのだから。黄熱病が蔓延していたときのように、黒人が命がけで白人に協力しても、拒否されたり軽蔑されたりする。リチャードやアブサロムたち黒人指導者は今回の件で貴重な教訓を得た。オーナもまた、なんらかの形で自由を要求できても、今より穏やかな暮らしが約束されるわけではないと肝に銘じることになった。自由になっても人種差別はなくならない。むしろ差別はひどくなるかもしれないのだ。

オーナは耐えた。そんなオーナを、一七九四年十二月、悲劇が襲う。三十代半ばになっていた兄のオースティンが、マウントバーノンにいる家族に会いに出かけ、途中で命を落としたのだ。メリーランド州の川でおぼれて、助からなかった。

それからまもない一七九五年一月、二十歳を過ぎていたオーナにさらに悲しい知らせが届く。母のベティが死んだのだ。五十代後半で、長年冬になると、壁から冷気が入りこんでくる貧弱な小屋で過ごしたため、病気にかかりやすくなっていた。ジョージは気の毒に思ったかもしれないが、実際問題としては、ベティの死でジョージは出費を減らすことができた。働けない高齢の奴隷に衣食住を与えるにはお金がかかるからだ。

オーナは母親の死をお金の問題として考えることはできない。ベティはただひとりの親だった。兄の死だけでもつらいのに、母親にも死なれた。これまでの短い人生の中で、いちばんつらいできごとだったにちがいない。

マウントバーノン行きは悲しいものになるだろう。フィラデルフィアで暮らすオーナはもうもとのオーナには戻れない。肉親ふたりを突然失ってひとりぼっちになってしまったのだから。フィラデルフィアにはマウントバーノン以上にいいところがたくさんあるが、自由を得た牧師のリチャード・アレンの言うように、「奴隷制は耐えがたい」。どんな人の人生にもいいときと悪いときがあり、悲しみがある。病気にもなれば、死ぬことだってある。しかし、奴隷には、どんな「いいとき」にも、恐怖の影がつきまとう。粗相をしたら、あるいは、母の死を嘆いていてマーサにお茶を出すのが遅れたら、マウントバーノンに送り返されるかもしれない、もっと別のところにやられるかもしれない。オーナはいつどんなときもおびえていたにちがいない。

奴隷は、人間なのに感情を表に出せない。怒っていても、ぐっとこらえ、心配なことがあっても何食わぬ顔で通さなければならない。オーナは一か月のあいだに兄と母親を相次いで亡くしたが、涙を見せず、休みもせず、慰めのことばひとつかけられずに働いた。奴隷の一生はロボットと似ている。プログラムどおりに動く。所有者に仕えよ。眠れ。働け。眠れ。働け。それをくり返せ。奴隷の「いいとき」は限られている。運がよければ芝居を見に行ったり、余分に服をもらえたり、法律では認められなくても夫や妻を見つけられるかもしれない。オーナは運がよくなかった。でも、賢く、ほこり高く、勇敢だった。もっと悪いことが起こっても、この性格を備えていればじゅうぶんだ。

第十四章　孫娘の願い

マーサは六十五歳になろうとしていた。恵まれた人生を送ってきたが、人生に鍛えられもした。四人の子どもを全員亡くし、最初の夫にも死なれた。自分は完全に南部の人間だと思っているのに、北部へ引っ越してきた。再婚した夫はアメリカ合衆国初代大統領となった。夫に会いたければアメリカじゅうを旅しなければならず、それがいやならば夫のいない家にいるしかない。晩餐会などの集まりや、国内外の要人のもてなしなど、大統領夫妻に要求される無数の社交行事もこなさなければならない。マーサは外面がよく、優美で機知に富んで、もてなし上手だったが、何をしでかすかわからない人でもあった。

おおらかで寛容に見える日もあれば、ちょっと料理を煮すぎたとか、すぐにろうそくを換えなかったとかで奴隷をどなりつける日もある。オーナはマーサがどんなに不機嫌でも、うまく仕えるすべを長い間に身につけてきた。常に冷静でいれば、いくらマーサが感情を爆発させても耐えられた。オーナの未来は安泰に思えた。

しかし、ある人物の恋愛によって、オーナの人生は永久に変わることになる。

マーサはジョージの六十四歳の誕生日を二月二十二日に祝う夜会の準備に余念がなかっ

た。オーナもマーサのドレスの汚れを落としたり、すそをかがったりして、準備に追われていたことだろう。

オーナはドレスをひざに置き、手に針を持っていたかもしれない。そんなとき、ジョージあての手紙が届いた。マーサは筆跡を見て驚いたにちがいない。なぜいちばん上の孫娘イライザ・カスティスがジョージに手紙を？　オーナもイライザを覚えていたはずだ。三歳年下の、あのわがままな子だ。

夫妻は早速手紙を読んだ。イライザは、トマス・ローという男性と恋に落ち、できるだけ早く結婚したいという。おめでたい話ではないか。

しかし夫妻はそうは思っていない。オーナはふたりの顔を見てわかった。オーナにも思うところがある。イライザ・カスティスは子どものころからずっと意地悪な少女だった。イライザなら、わたしに注目してとばかりに、夫の誕生パーティの準備で忙しいマーサの生活に土足で入ってきてもおかしくない。

十九歳のイライザに対しトマス・ローは三十八歳。イギリス生まれで、長くインドに住んでいた。トマスは結婚していないのに、人種のちがう女性とのあいだに数人の子どもをもうけていた。そんな人物との結婚を夫妻が許すわけがない。

イライザ・パーク・カスティス（1776-1831）マーサと最初の夫ダニエル・パーク・カスティスのあいだに生まれた息子ジャッキー（発疹チフスで死亡）の長女。

トマスは新首都の建設のことを知ってアメリカに移ってきた。「相場師」のトマスはポトマック川ぞいの湿地を安く買っておけば、新首都が機能し始めたときに土地の相場が上がると踏み、北部バージニアに土地を買った。これで大金持ちになれるとトマスは思った。大統領の孫娘と結婚するとわかっていたかどうかはわからない。

イライザは結婚にはジョージの承諾が必要だと思った。そこで、大統領夫妻に、トマスがすぐに手紙を書くから、その手紙を読んでから結婚を許すかどうか決めてほしいと頼んだのだろう。

いちばん問題なのはトマスがイギリス出身だということだ。イライザと結婚すれば、トマスはイライザをジョージが破ったイギリスに連れていくだろう。

とはいえ、反対したらイライザがどう出るか。意地っ張りで考えなし、意地が悪くて屁理屈屋と、イライザにはいい印象を持っていない人が多い。家族はみな、「イライザは趣味でも遊びでも、女性的というより男性的。ズボンをはけなくて残念」と思っていた。イライザの望ましからぬ性格の中でも、最大の欠点は意地悪だということだ。

オーナはいつもどおり口をつぐんでいた。ジョージはすぐにトマスからの手紙も受け取り、マーサと話し合った。オーナもその場にいたかもしれないが、夫妻は話し合いを重ねたうえで、結婚を認めることにした。

ジョージは本心では結婚を認めたくはなかった。トマス・ローが気に入らなかったからだ。しかし、気性の激しい孫娘に反対しても、いいことはないと判断した。

ワシントン夫妻はあきらめるしかないと思ったのだろう。当時のアメリカは今とは大きくちがっていたが、今も昔も変わらないものもある。人のうわさだ。大統領夫人の孫娘が二十歳も年上の異国の人と結婚するそうだ、いったいどうして？　結婚を急いでいるということだが、なぜだ？　興味は尽きない。

マーサは長年の間に、人前では、実際にはそうでなくても、完璧な人生を送っているふりができるようになっていた。マーサはイライザの結婚を苦々しく思い、なんとか孫娘を「守る」計画を立てようとしていた。それでも人前では、最高に喜ばしく思っているふりをし、みなに結婚準備の様子を語って聞かせた。しかし、身近な人たちだけは、心中を察していた。オーナもそうだった。でも、まさか自分がマーサの計画にかかわっているとは、そのときはまだ知るよしもなかった。

第十五章　オーナに求められていること

一七九六年のはじめころ、煙突掃除人で黒人の宗教指導者リチャード・アレンが顧客の大統領家を訪れた。煙突掃除はレンガづくりの煙突の中に身を縮めて入り、たまった煤や汚れを取り除く、汚いし危険な仕事だ。でも報酬はよく、奴隷制度や人種差別をなくす運動にかかる費用を捻出できる仕事だった。リチャードは大統領官邸に自ら出向き、官邸のすべての暖炉をきちんと使えるようにした。仕事中は大統領家の奴隷と口をきいてはいけないことくらいわきまえていただろう。少なくとも、人目につくところでは。

一方、バージニアの大農園マウントバーノンでは、イライザ・カスティスとトマス・ローとの結婚が迫っていた。一七九六年三月二十一日、イライザとトマスは家族と牧師の前で、富めるときも貧しいときも、病めるときもすこやかなるときも、命あるかぎりともに生きることを誓った（もっともそれはふたりが正式に離婚する一八一一年までのことだったが）。イライザの結婚のほかにも、ワシントン家には大ニュースがあった。外部の人間には知らせていなかったが、ジョージは大統領を辞任すると決めていた。

ジョージは三期目に立候補するかどうか何か月も悩んでいた。当時は本人が望めば何期でも大統領選に立候補できた。大統領は二期八年までと決まったのは一九五一年になってからである。ジョージが二期八年で大統領を辞めると決めたことは注目に値する。二期目が終われば次の大統領にすみやかに政権を移譲するというきまりをつくったことになるからだ。これは現在も続く合衆国の特徴のひとつだ。アメリカ合衆国ではその誕生以来、選挙に勝たなかった大統領は、政権の座に固執せずにホワイトハウスをあとにしている。

大統領を辞任すると決めて、ジョージもマーサもほっとした。しかし、奴隷たち、とりわけずっと北部で暮らしてきた奴隷たちは不安になった。北部の都会で育ったといってもいいオーナのような奴隷にとって、マウントバーノンでの暮らしはどうなるのか不安だった。オーナは、奴隷制度廃止法なんてばかげているという風潮の南部に戻り、これまでの何倍もの人数の奴隷たちと暮らすことになる。ワシントン夫妻にどう扱われることになるのだろう。ジョージはオーナの姉、ベティ・デイビスを「怠け者でうそつき、生意気なあばずれ」とよんで嫌っていた。だから、ワシントン夫妻がマウントバーノンに戻ってすぐに、ベティ・デイビスをこっぴどく罰しても、だれも驚かなかっただろう。これからも安定した生活が送れるのだろうかと、オーナは心配だった。

だが、生活を保障してくれるものがひとつある、とオーナは思った。

マーサだ。

オーナは思慮深く、有能で、所有者のマーサを敬っていた。いわば奴隷の鑑だ。マーサに心から尽くしていたオーナは、マーサに必要とされているとわかっていた。オーナは、マウントバーノンに帰っても、マーサがわたしを手放すはずはない、と思っていた。

しかし、それは大変な思いちがいだった。確かにマーサはオーナを頼りにしていたし、特別な存在だとも思っていた。だからこそ、マーサは、イライザの結婚に対する不安を解消するには、オーナを使うしかないと考えたのだ。

イライザはいつかんしゃくを起こすかわからない。それはだれでも知っている。イライザが、新居を整えながらものをこわしたり、奴隷をどなりつけたり、結婚したばかりの夫とけんかしたりするのは時間の問題だ。イライザには冷静さが必要だ。感情を調節できるものが必要だ。マーサ自身の感情の波を見定めることのできたものが必要だ。

つまり、イライザにはオーナが必要なのだ。

マーサにとってこれ以上の結婚プレゼントはない。「イライザ、結婚おめでとう！　祖母より」とメッセージをつけたピンクの紙にオーナを包んだりはしないだけだ。マーサにとってオーナは人間ではないから、マーサにはオーナをイライザに贈る権利があった。オーナはマーサにとっては、人間の形をした財産だったからだ。

オーナは自分が贈り物にされることをどのように知ったのだろう。マーサの口から直接聞かされたのだろうか。マーサがオーナの気持ちを考えたとは思えない。オーナはイライザの家に足を踏み入れただけで絶望感に襲われるだろう。だがマーサはそんなことは考えない。四月、マーサは、奴隷のオーナ・マリア・ジャッジを孫娘のイライザ・カスティス・ローに結婚プレゼントとして贈ると、はっきり口にしていた。

オーナは急にこんなひどいことを言われても、自分の思いを口にする機会はなかったはずだ。泣くことも、ぐちることも、丁寧に「できればあのようなわがままな方にお仕えしたくはありません」などと言うこともできなかっただろう。オーナは、文句を言わずにバージニアに行き、なにをするかわからない気性のイライザと、その夫トマス―結婚していない女性とのあいだに子どもをもうけるような人物―と暮らすことが求められていた。

オーナはこれまでいつも、自分に求められることはやってきた。

でも、今度ばかりはそうはいかない。

第十六章　逃亡計画

一七九六年の春、オーナの心は、夢や不安、未来のことでいっぱいだったにちがいない。オーナは毎晩、就寝前にマーサの髪をとかしながら、もう若くはないマーサの髪を強くひっぱりすぎないよう気をつけていたにちがいない。マーサに完全に裏切られて、はらわたが煮えくりかえっていてもだ。毎朝、マーサのドレスの汚れをぬぐい、靴の泥を落とすときも、怒りにまかせてドレスを破ったり、靴をだめにしたりしてはならない。なんとか気持ちを落ち着け、自分の未来に立ち向かわなければならない。

オーナは、イライザの奴隷には絶対にならないと決めていた。今こそ逃亡計画を立てるときだ。

オーナは人前では口を閉ざしていた。マーサがイライザとトマスの結婚を祝福するふりをしていたように、オーナはマーサの従順な奴隷のふりをしていた。しかし、ほんとうはだれかに助けてもらいたかった。

奴隷の逃亡を助ける「地下鉄道」はまだない。のちに「地下鉄道」をつくったハリエット・タブマンはまだ生まれてもいない。逃亡するには、荒地や洞窟に逃げこんで姿を隠すしかない。そして最終的には、都会にまぎれこむか、自由州にたどりつくかして、別人になりすまし、報酬目当てにしつこく追ってくる奴隷捕獲人に見つからないようにするしかない。

オーナは国の最重要人物から逃れたいのだから、さらに大変だ。それだけではない。フィラデルフィアではだれもがオーナのことを知っている。オーナは読み書きができない。それになにより、こわかった。

しかし、オーナは怒りに背中を押された。いくら考えても、なぜマーサが自分をプレゼントにするのかわからない。しかも、だれが考えてもありえない人物にプレゼントするとは。わたしは陶器の置物じゃない！　こう考えるたびに、逃亡の決意は強くなった。計画を立て、実行するしかない。

オーナだけでなく、フィラデルフィアの奴隷のほとんどは、逃亡には命の危険があることを知っていた。北部には段階的奴隷制度廃止法のある州もあるが、男女を問わず逃亡奴隷の行く手にはいくつもの困難が待ち受けている。まず、天候。北部の冬は氷のようにつめたい。主な逃亡経路となる大小の川を文字どおり凍らす。奴隷たち、特に南部出身の奴隷たちにとっては、暖かなコートや靴を手に入れるだけでも大変だった。薄くぺらぺらのコートで逃亡すれば、命を落とすこともある。春や夏でも大差ない。逃亡奴隷は寒さだけでなく暑さや湿気とも戦わなければならない。脱水症状や飢え、熱射病で死ぬこともある。

オーナは、イライザ夫妻の家に行かされる日までに逃亡しなければならない。夫妻は連邦市にすでに家を一軒購入していた。マーサは、ほかの奴隷が夏のマウントバーノン行きに備えて荷造りしているときに、オーナをイライザのところに行かせるつもりだったろう。

女性の奴隷は、女性というだけで逃亡には不利だ。逃亡奴隷の九十パーセントは男性だった。理由は簡単、子どもがいるからだ。

奴隷の結婚は法律では認められていない。それでも子どもは生まれる。生まれた子どもは育てなければならない。子育てはたいてい女性の仕事だった。逃亡奴隷の大部分は若く、十六歳から三十五歳くらいだった。この年ごろの女性の子どもは、当然まだ小さい。子どものいる女性に逃亡のチャンスがあったとしても、子どもを置いて逃げる決心がつかない場合が多い。逃げれば、子どもがむちで打たれるかもしれないし、連れて逃げれば、まず捕まるだろう。幼児がおなかをすかせて泣けば、だれかに気づかれ、見つかる。小さな子どもは、おとなの足手まといになる。だから、女性の奴隷は逃亡しない。自分を犠牲にしても子どもを優先し、奴隷のままでいるしかない。

オーナは子どもを持たずに二十三歳になっていた。もし逃亡すれば、マウントバーノンにいる兄や姉、妹には二度と会えない。

それはつらいことだが、子どもたちを残していくとか、連れて逃げて、子どもたちの命を危険にさらすよりはましだ。

若くて子どもがいないことは、逃亡には好都合だ。オーナの逃亡を妨げるものがあるとすれば、それは、見つかって捕まり、ワシントン夫妻のもとに連れ戻されたらどうなるかという恐怖だった。こわがるのも無理はない。

ジョージは、奴隷たちがマウントバーノンから逃亡しないように極端なほど警戒していた。また、奴隷の家族を引きはなすのは望まないと口では言いながら、扱いにくい奴隷は罰したり売ったりした。

ジョージもほかの奴隷所有者も、奴隷に言うことを聞かせるためには暴力も振るった。オーナの亡くなった兄オースティンの妻シャーロットはそうした体罰の犠牲者だった。生意気だという理由で、農園管理人に背中を激しくむちで打たれた。

ジョージは自分のことを親切な奴隷所有者だと信じていた。だが、シャーロットの背中に残った傷は、決してそうではなかったことを証明している。

今こそ、自由黒人が多い大都市に住んでいる利点を生かすときだ。彼らはきっとオーナを助けてくれる。オーナに運がめぐってきた。逃亡奴隷を助けることもでき、実際に助けてもきた人物がワシントン家に定期的に出入りしている。

牧師であり、靴職人であり、煙突掃除人でもあるリチャード・アレンならオーナに援助の手を差し伸べてくれるはずだ。

第十七章　逃亡

リチャード・アレンの煙突掃除の領収書によると、リチャードは一七九六年三月に大統領官邸を訪れている。オーナはリチャードが仕事に来たときに接触し、話がしたいと目で合図を送ったかもしれない。オーナがリチャードに助けを求めるにはほんの数分あればじゅうぶんだ。リチャードも短く答える。うなずいただけかもしれない。オーナはすぐにその場をはなれる。オーナはもちろん不安に思っている。だが、希望に満ちてもいる。

一七九六年五月十日、オーナは大統領官邸を出て、新しい靴を買うなど、いくつか用事をすませたようだ。いちばん行きたい靴屋、リチャード・アレンの店はすぐそこだ。

リチャードとオーナが逃亡の話をしたかどうかはわからない。会話の記録は残っていないのだから。録音装置も当時はない。しかし、話をしないほうがおかしい。リチャード自身も奴隷だった。だから、恐怖心はあっても勇敢な奴隷を助けるということがどういうことかよくわかるはずだ。オーナの逃亡はほかの奴隷の逃亡より大ごとなのもわかるはずだ。有名な軍人でありアメリカ合衆国の初代大統領でもあるジョージ・ワシントンに歯向かう人などまずいない。ましてや奴隷の女性がたてつくことなどありえない。

五月十日は火曜日だった。オーナがこの日リチャードと逃亡計画を立てたとすると、オーナは、うまくフィラデルフィアを脱出するには快く乗せてくれる船長がいる適当な船を待たなければならないと言われただろう。リチャードはおそらく、なんらかの方法でオーナに決行の日を伝えたはずだ。あるいは、自由黒人のネットワークを使って、こっそりオーナに大事な情報を届けたかもしれない。なにがあっても、オーナは平静をよそおい、だれからも疑われずに、夏のマウントバーノン行きのふりをして荷造りをしなければならない。オーナの心は決まっている。オーナはのちに、「バージニアに戻れば、絶対に自由にはなれないと思った」と回想している。

ワシントン夫妻は、北部の大多数の奴隷所有者より多くの奴隷や使用人を所有していたが、常にふたりの近くにいたのはオーナだった。しかし、長時間マーサに仕える利点もある。日々の習慣を熟知できたことだ。一日のうちのある時間だけ、オーナはそばにいる必要がなかった。それは夕食の時間である。

シェフのハーキュリーズとキッチンのスタッフが食事に関するほとんどのことを取り仕切っていた。だから、この時間こそがチャンスだ。

一七九六年五月二十一日土曜日、オーナが新しい靴を買ってから十一日後、ワシントン夫妻は一階のダイニングテーブルについていた。食事が運ばれてくる。オーナはあたりを見回し、大統領官邸のすべてを目に焼きつけたかもしれない。キッチンのハーキュリーズと目を合わせたかもしれない。いや、すべてに背を向けて、官邸を出たかもしれない。

オーナは大統領官邸の外に出ると、助けてくれた勇敢な自由黒人に指示されたとおりに行動したはずだ。東に五ブロック歩き、まっすぐデラウエア川の船着き場に向かうこと。服は自由黒人の女性がよく着ている粗悪なつくりの目立たないものにすること。大統領の奴隷が着る明るい色の、長いスカートのついた服はいけない。まっすぐ前を見て、荷物は体からはなさないこと。一枚帆の船をさがすこと。その船には馬の鞍やじゃがいもが積まれている。

船の名はナンシー号（オーナは字が読めなかったはずだが）。船長の名はジョン・ボウルズ。船長の名を声に出して言ってはいけない。

ジョン・ボウルズの名が奴隷制反対論者として知られていたわけではない。彼は仲間と海運業に従事していて、長年にわたって東海岸にそってさまざまな商品を運搬していた。

一七九六年五月はじめ、ニューハンプシャー州のポーツマス税関が、ナンシー号のフィラデルフィアへの航海を許可している。ナンシー号は五月十日にフィラデルフィア港に入っている。オーナが靴を買ったのと同じ日だ。ボウルズは二週間近く、商品を売り、空いた場所

Hamilton's wharf, or to
J. M'KNIGHT.
May 11.

For Portſmouth, N. H.
The ſloop NANCY,
John Bowles, maſter;
Now lying at Maddock & Jackſon's wharf, the ſecond above the Draw Bridge. For freight or paſſage apply to the maſter on board, or to
GEORGE OAKLEY & SON.
No. 20, Dock ſtreet.
Who have the above ſloop's cargo for ſale, conſiſting of a quantity of molaſſes and coffee ſhooks with heads—alſo, a quantity of excellent Potatoes, a few barrels of Prime Beef, a few thouſand feet of oars, ſhoes, boots, candles, &c.
May 11 d6t

For Alexandria,
The ſloop LIBERTY,
William Duer, maſter;
Burthen 65 tons, almoſt new, in complete order, the greateſt part of the cargo is engaged, and will ſail in five days. For freight or paſſage apply to the maſter on board, lying at Perot's wharf, or to
JOSEPH BURROUGHS,
near the old ferry.
May 12 d5t

The Partnerſhip

For Hamburgh,
The ſhip
LIBERTY,
James Ramage, maſter;
A fine Philadelphia built
will ſail early in May, hav
great part of her cargo engaged
For freight apply to
JAMES CRAWFOR
April 26

For London,
The ſhip
WILLIAM PENN,
James Joſiah, maſter;
Now lying at Jeſſe and R
Wain's wharf, and to ſail
bout 3 weeks. For freig
paſſage apply to the maſter on board,
J. & R. WALN, or
JOHN FIELD & SON
4th Mo. 29

For ſale or charter,
The ſnow
BOSTON.
Burthen about 3000 barrels
She may be ſent to ſea at a ſma
expence, her ſails and rigging
in very good order. Apply to
JAMES CAMPBEL
GEO. LATIMER.
April 29

1796年5月17日、フィラデルフィアの新聞に掲載されたさまざまな船の広告。船の行き先が書かれている。左上がナンシー号のものでニューハンプシャー州ポーツマスに行くとある。

に、ニューハンプシャーに行きたい人を乗せた。ボウルズは帰りの船に、糖蜜、コーヒー、じゃがいも、長靴、係船索（船を係留しておくための綱）、鞍、ろうそくを積みこんだ。

ボウルズはオーナも船に乗せた。

オーナのふるまいが上品だったので、ボウルズはオーナのことを奴隷ではなく自由黒人だと思ったかもしれない。いや、オーナが乗ることを想定していたと考えるほうが当たっている。当時は黒人でも白人でも若い女性が付き添いもなくひとりで旅をすることはめったになかった。だから、もしボウルズがオーナを自由黒人だと思ったとすれば、オーナをよび止めて、なぜひとりかと聞いただろう。しかし、ボウルズはそうはしなかった。ボウルズはオーナの手助けをしている人物とあらかじめ接触していたにしろ、オーナの思いつめた様子を察したにせよ、オーナの乗船を黙認した。

高鳴る胸、そして恐怖。船が揺れ、出港までの時間の長かったこと！　オーナは仲間の言葉を船の上で反復して時間を過ごした。

　船が港に着いたら迎えの者がいる。

　ジョン・ボウルズの名は決して口にしてはいけない。

　行き先は教えられない。あなたのためだ。捕まっても、だれにも迷惑をかけないためだ。

　口を閉ざし、首を垂れて、祈りなさい。

　いつオーナは最初の自由の空気を深く吸いこむことができたのだろうか。おそらく甲板の上、デラウェア川が大西洋にぶつかるあたりではなかったか。ナンシー号は小さな船なので、海岸線を往来する大きな船にあおられる。大きな船の中にはマシュー・ケアリーのブロードサイドに描かれていたのと同じように、鎖につながれたアフリカ人を乗せている船もある。砂糖やたばこを積んで、アメリカ大陸からヨーロッパに向かう船もある。そうした船が行きかう中、ナンシー号は北へ向かった。アメリカ生まれで、ワシントン大統領夫妻の奴隷だったオーナは今、勇敢にも人生の新たな段階に飛び出した。

しかし、ことはそう簡単ではない。大西洋の荒波のために、船室にある鞍やろうそくが左右に投げ飛ばされる。糖蜜やコーヒーのにおいは強烈だ。においと揺れはどうすることもできない。ナンシー号は決して豪華な船ではない。老朽化して、立ち入り検査もないような船だ。帆は破れ、木製の船体は風雨にさらされている。なにごともなく次の港に着くことを願うばかりだ。空間はないに等しく、客は眠れる場所があればどんな場所でも眠った。船が揺れ、海水が船べりに打ちつけるたびに、オーナは気分が悪くなったにちがいない。

しかし、オーナの逃亡を知ったワシントン夫妻が送りこむ化け物の恐怖に比べれば、吐き気なんかものの数ではない。

新しい化け物、それは奴隷捕獲人。

オーナは警戒を怠るわけにはいかなかった。

第十八章　十ドルの報奨金

一七九六年五月二十三日、フィラデルフィア・ガゼット紙にある広告が出た。その翌日、フィラデルフィアで二番目に大きい新聞、クレイプール・アメリカン・デイリー・アドバタイザー紙にも同じ広告が出た。

十ドルの報奨金という見出しが躍り、オーナ・ジャッジを詳述する記事が続く（オーナは「オーニー」と愛称でよばれていたことから、記事の中ではオーニーと書かれている）。

土曜日の午後、大統領官邸から奴隷が逃亡。名はオーニー・ジャッジ。肌の色は薄い混血の女性。そばかすだらけの顔に黒い目、もじゃもじゃの黒髪、中背だが細く華奢なつくり。二十歳くらい。あらゆる種類の服を多数所持しているが、その詳細は記憶にない。逃亡のそぶりすらなく、また理由もはっきりしないため、どこへ消えたのか、なにを考えているのか、はかりかねる。海路逃亡を企てたかもしれないので、あらゆる船の船長および乗組員はこの奴隷を乗せないよう注意されたい。自由黒人として通そうとしている可能性もある。乗船に必要な金銭は所持しているというううわさもある。

捕まえて連れ戻した者には、黒人白人を問わず十ドルが支払われる。遠方より連れ戻した場合は、距離に応じて増額される。

五月二十四日　家令　フレッド・キット

逃亡奴隷の広告はよく新聞に出ていたが、女性の奴隷が大統領官邸から逃亡したというのだから衝撃的だった。

Ten Dollars Reward.

ABSCONDED from the houſehold of the Preſident of the United States, on Saturday afternoon, ONEY JUDGE, a light Mulatto girl, much freckled, with very black eyes, and buſhy black hair—She is of middle ſtature, but ſlender and delicately made, about 20 years of age. She has many changes of very good clothes of all ſorts, but they are not ſufficiently recollected to deſcribe.

As there was no ſuſpicion of her going off, and it happened without the leaſt provocation, it is not eaſy to conjecture whither ſhe is gone—or fully, what her deſign is; but as ſhe may attempt to eſcape by water, all maſters of veſſels and others are cautioned againſt receiving her on board, altho' ſhe may, and probably will endeavour to paſs for a free woman, and it is ſaid has, wherewithal to pay her paſſage.

Ten dollars will be paid to any perſon, (white or black) who will bring her home, if taken in the city, or on board any veſſel in the harbour; and a further reaſonable ſum if apprehended and brought home, from a greater diſtance, and in proportion to the diſtance. FRED. KITT, Steward.

May 24 ‖3

1796年5月24日、クレイプール・アメリカン・デイリー・アドバタイザー紙に掲載された、オーナの逃亡を知らせる広告記事。

マーサやジョージがいつオーナの失踪を知ったかはわからない。おそらくその日の夜か翌朝だろう。マーサはオーナが髪をとかしに来るのを待っていたかもしれない。ジョージはオーナがマーサのバッグを一階に持ってくるのを待っていただろうか。

「オーニー？」ふたりの声が聞こえるようだ。「オーニー？　どこにいるの？」

答えはない。

二分が過ぎ、それが十分になり、二十分になってはじめて、マーサはおかしいと思ったかもしれない。

まさか。オーニーが？　どうしてまた？

イライザへの「プレゼント」がなくなったことなど、この際問題ではない。マーサは人前でオーナに恥をかかされたような気持ちになった。ジョージはマーサが、「なんという恩知らず」と叫んでいるのを聞いたにちがいない。

「あの子は……使用人というより子どもとして育てられ扱われた」とジョージはのちに書いている。

ふたりが冷静さを取り戻し、策を練るころには、オーナはもう何歩も先を行っていた。船が北部のニューハンプシャー州に向かっていることもわかっていたはずだ。オーナはその州がジョージの秘書トビアス・リアのふるさとであることを覚えていたかもしれないし、ジョン・ラングドン上院議員一家が住んでいることも覚えていたろう。ラングドン上院議員の娘エリザベスのことも覚えていたにちがいない。エリザベスはマーサの孫娘ネリーと同い年で、オーナはラングドン一家がフィラデルフィアに来たときに、世話をしている。

北部の他の州と同様に、ニューハンプシャーは奴隷制廃止に向かって一気に舵を切っていた。ニューハンプシャーの権利章典には、すべての住民は平等と自由が約束されていると明記されている。一六四一年に、ニューハンプシャーが植民地として設立されて以来、奴隷制が合法だったが、一七八〇年代にオーナがはじめて北部に行ったころ、ニューハンプシャーはようやく奴隷制禁止に向かって前進し始めた。しかし、完全に禁止されるのは一八五七年になってからだ。

オーナがニューハンプシャーのポーツマスに向かっていたのは運がよかった。ポーツマスは州より五十二年も早く、一八〇五年に奴隷制を廃止する。

ナンシー号が木の桟橋に着くと、オーナは素早く船をあとにし、素性がばれていないか見知らぬ顔に目を走らせる。まずは住む場所を見つけなければならないが、お金をほとんど持たない独身黒人女性にとってそれはやさしいことではない。しかし、自由黒人たちがすでに動いていた。だれかがオーナの到着を待っていて、桟橋でオーナを迎える。オーナはすぐに仮の宿となる自由黒人一家の家に案内された。

フィラデルフィアとポーツマスには共通点がふたつある。海運業で栄えていたこと。そして、反奴隷制という点で他に先んじていたことだ。だが、そのほかはまったく異なっている。

ポーツマスは小さな町で、五千人ほどしか住んでいない。町全体の黒人の数は、マウントバーノンに住む黒人の数より少ないから、オーナは黒人の大多数とすぐ顔なじみになれるだろう。しかし、オーナにはまだそんな時間はない。まずは仕事さがしだ。これまでの仕事は、マーサの美しいドレスをデザインし、縫うことだった。現在なら、ファッションデザイナーといったところだが、自分の技術を証明する推薦書はない。だから、家事ならなんでもできると言って、仕事をさがさなければならない。

オーナは賢く、機転がきき、敏捷だったけれど、なんでもできるわけではない。ぐずぐずしてはいられない。洗濯や掃除だけではなく、料理も覚えなければならない。ワシントン家以外で働いていたなら、料理の仕方も覚えただろうが、ワシントン家には有名なシェフのハーキュリーズがいて、オーナはキッチンに入る必要がなかった。どこの家でも家族のために基本的な料理の作り方を知っている人が必要だ。さらに、ポーツマスでは、家事をする召使いは家事のすべてをしなければならない。水の入った大きな容器を運び、服を縫い、食事をつくる。

ここでも、ポーツマスの自由黒人たちが助けてくれたと思われる。時間をさいて、オーナに必要なことを教え、仕事も見つけてくれた。ここでふたつ大事な点がある。ニューイングランド地方に住む黒人女性の大多数は、四十歳にならずに死んだこと。そして、彼女たちは家事労働のために雇われていたこと。このふたつの点には関連がある。家事労働がそれだけ過酷だったということだ。

しかし、オーナははじめて給料をもらった。オーナの過去を知らずに外見だけ見れば、わずかな給料のために懸命に働く自由黒人女性に見える。長時間労働の低賃金ではあったけれど、オーナにとってはどんな労働もどんな賃金も価値あるものだったとも言える。マーサやジョージにやらされているのではなく、自分が選んでそういう生き方をしていたのだから。

しかしオーナはまだ恐れていた。ワシントン夫妻はすぐにもオーナを追ってくるだろう。だから、オーナは口を閉ざし、耳をそばだてる。ポーツマスもニューハンプシャーも絶対に安全とは言えない。それでも、ジョン・ボウルズや自由黒人の友人たちのおかげで、ポーツマスに来たことはまちがっていなかったし、きっとこれでよかったのだ。奴隷捕獲人がいないかとふり返りはするが、結婚祝いのプレゼントにされると知った日以来はじめて、深く息を吸いこみ、希望を持つことができた。

第十九章　見覚えのある黒人

ポーツマスは、ニューイングランド地方にある美しく住み心地のいい町で、海運業で栄えていた。小さな通りがたくさんあり、住民はみな働き者だ。目立たないようにしていれば、市場に行って、自分の稼ぎで好きな食べ物を買うこともできた。快く住居を提供してくれる人たちにお礼として、カブやシマスズキを持ち帰ることもできた。縫物も始めた。手始めに縫ったのは家主の服だろう。それからだんだん生地やリボン、ボタンを買いそろえて、マーサ・ワシントンに縫ったような、手のこんだ服もつくったことだろう。自由の身になることが、オーナの最初の目標だった。次の目標は、気力も体力もむしばむ貧困から脱出することだ。

もちろん、オーナは自分が法的には自由でないことはわかっていた。マーサ・ワシントンが奴隷を解放すれば、法的に自由になれるが、マーサは絶対に奴隷を解放しない。オーナはマウントバーノンに残してきたきょうだいや姪がひどい扱いを受けているにちがいないと心を痛めていただろう。腕っぷしが強く目をぎらつかせた奴隷捕獲人が、大統領家から逃亡した生意気な奴隷をさがしているさまを想像することもできただろう。幸いオーナは、ポーツマスの町でよい評判をとりつつあった。だが、このポーツマスには、ラングドン一家が住んでいた。
　ラングドン家の家長ジョン・ラングドン上院議員は、ジョージ・ワシントンより九歳若く、一七四一年生まれだ。海運業で利益を得ていたが、イギリスが大西洋を航行する船に税金をかけたために大打撃を受け、政治の世界に足を踏み入れる。革命戦争に参加して武勇をあげたのち、建国の父のひとりとして新憲法に署名し、初代上院議長も務めた。ジョージ・ワシントンともいっしょに仕事をした仲で、たがいの家を訪問し合っていた。

ジョン・ラングドン（1741-1819）邸。ラングドンはアメリカ合衆国上院議員を12年間務める。その後、ニューハンプシャー州知事となる。

　ラングドン一家がフィラデルフィアのワシントン家を訪ねると、いつもおとなたちは、いっしょに遊ぶ子どもたちの姿に目を細めた。上院議員の娘エリザベスと、大統領の孫娘ネリーは、アメリカ上流階級の新たな象徴で、恵まれた環境で育ち、注目される存在であることを

第十九章　見覚えのある黒人

ニューハンプシャー州ポーツマスのマーケットスクエア（青空市場）。1700年代からずっと町の商業の中心地で、さまざまな商品が売買された。

自覚していた。

　オーナはフィラデルフィアでモルの手伝いをして、ネリーの世話をしたときのことを覚えていた。オーナはネリーやエリザベスより何歳か年上だっただけだが、ふたりにお茶を出したり、フィラデルフィアで芝居を見に行ったりしたのではないだろうか。ポーツマスでオーナがいちばん会いたくない人物は、十八歳になっているエリザベスだ。おそらくオーナはラングドン家の場所を突き止め、近寄ることはなかっただろう。

　オーナはポーツマスの町の地図を頭に入れていた。市場や教会の場所もわかる。自由黒人とも親しくなった。オーナの名前を知っている人もいれば、オーナのことを自分たちと同じく、貧しいながらがんばっている自由黒人だと思っている人もいた。オーナは働くか、仕事のこつを覚えるかして、大半の時間を過ごした。そしてようやく、奴隷だった過去などなかったかのように、顔を上げ、ほこりを持って歩けるようになってきた。すべての逃亡奴隷が完璧に演じ切らねばならないことがある。人前でびくびくしてはいけないということだ。オーナは日ごとに警戒心を解いて、あちこちの通りに食材などを買いに行けるようになった。自由であることは、うれしいものだ。顔を上げて歩けることも、新しい友人にあいさつされることもしあわせなことだ。

オーナはその日もきっと、そんなことを考えながら通りを歩いていたことだろう。だが、ふと見ると、見覚えのある人がこちらに向かって歩いてくる。

エリザベス・ラングドンだ。

オーナは固まった。エリザベス・ラングドンは微笑んだかもしれない。オーナはなんとか、駆け出したい気持ちを抑えた。ポーツマスは小さな町だ。絶対に安全な隠れ場所などどこにもない。オーナはとっさに、駆け出すのは最悪だと判断した。騒ぎを起こせば注目され、まちがいなく捕まる。

オーナは深く息を吸いこみ、自分でもびっくりするような行動に出た。オーナは奴隷としてのこれまでの人生で、感情を表に出さない訓練を積んできた。いくら怒っていても顔には出さず、悲しくて涙があふれそうになっていてもぐっとこらえる。今こそ、透明人間のようになるその技を使うときが来た。オーナは目を伏せ、エリザベスの視線を避け、そしらぬふりをして通り過ぎた。

　エリザベスは、わけがわからなかったにちがいない。エリザベスはこれまで、町でもっとも有名な人物の娘ゆえにじろじろ見られても、それを無視するすべを身につけてきたにちがいない。そんなわたしがなぜ無視されるの？　あの若い黒人の顔には見覚えがある。でも、いったいどこで会った？

　オーナは、もうだめだと、これまでにない絶望感を覚えながら歩き続けた。革命戦争中にマウントバーノンからイギリスの船に逃亡し、骸骨のようになって連れ戻された奴隷たちのことがよみがえってきたかもしれない。もうポーツマスにはいられない。でも、どこに行ったらいい？　どこに隠れたらいい？　家主はオーナに住居を提供することですでに命を危険にさらしている。オーナが戻れば、逃亡奴隷をかくまった罪で逮捕される。しかし、ほかになにができる？　家主に正直に話すしかない。いい案があるかもしれない。オーナはさらに足を速めた。いろいろな思いが頭の中を駆けめぐる。

エリザベスにはわたしのことがわからなかったんじゃない？

わかったとしても、わたしを裁判官に引きわたすようなことはしないんじゃない？

一方、エリザベスは必死に思い出そうとしていた。そうか、さっきの女性は、家族でフィラデルフィアのワシントン家を訪ねたときに見た、マーサに仕えていた奴隷だ。でも、オーナはポーツマスでいったいなにをしているの？　マーサはどこ？　もしワシントン夫妻がニューハンプシャーに来ているのなら、なにか聞こえてきてもいいはずだ。エリザベスはもう一度考えた。オーナがひとりでポーツマスにいるとすれば、理由はひとつしかない。でも、まさか。

そんなことがあるだろうか。

早く父に知らせなければ。

家主のもとに戻ったオーナは一部始終を話した。そのころにはもう冷静になっていただろう。いつまでも隠れ続けていることはできない。たとえエリザベスに会わなくても、家族のもとを訪れたジョージの秘書トビアス・リアに会うことだってある。オーナは自由黒人として生きている。その代償がこれだ。まだこの先、なにが起こるかわからない。

エリザベスは父に、町でオーナを見かけたと話した。ラングドン上院議員は、オーナがニューハンプシャーにいることには驚いたかもしれないが、オーナが逃亡したことには驚かなかったのではないだろうか。ジョージの友人や知人だけでなく、ジョージを直接知らない人ですら、大統領官邸から女性の奴隷が逃亡したという新聞記事は読んでいた。ただラングドン上院議員は、オーナがポーツマスに逃げてきたとは知らなかった。

　オーナが逃亡したと知ったエリザベスは、ほかの裕福な奴隷所有者と同じ疑問を持ったことだろう。いったいどうして逃亡なんかしたの？

　ラングドン家のような人たちは、黒人に逃亡する智恵や行動力があるとは思っていなかった。ラングドン家は一七九六年にはもう奴隷を所有していなかったが、以前は所有していた。そして、ワシントン夫妻同様、自分たちは思いやりが深く、寛容だと考える父親的温情主義者だった。拷問の手段としてむちを使う「残忍な」所有者ではなく、むちを使うのは奴隷に仕事をさせるためだけだ。ラングドン家の人たちは、奴隷に最低限の衣食を与えるだけではなく、好きなことをする機会も与えていた。自分たちは能力のない奴隷を親切に世話している気高い所有者だと思っていたのだ。しかし、実際には親切でも気高くもなく、ほかの人間の人間性を奪う制度に加担していただけだ。彼らの言い分は、ほかの人間を売買し続ける口実でしかなかった。

ラングドン上院議員と娘のエリザベスは、オーナのことを恩知らずとすら言ったかもしれない。ワシントン夫妻が奴隷に小遣いを与えて、芝居見物をさせ、奴隷の家族を引きはなさないようにしていたことも知っている。ラングドン家の人たちから見たら、ワシントン夫妻は、「善良な」南部人の例にもれず賢明で礼儀をわきまえた、「善良な」所有者の部類に入る。そんな家の奴隷が、とりわけマーサのお気に入りのオーナが逃亡するなんてどうして？

オーナがわがままなイライザにプレゼントされることをエリザベスが知っていたら、エリザベスもオーナが逃亡した理由を納得できたかもしれない。でも、知らなかったのだろう。イライザは大変なわがまま者だが、わがままな人は大勢いる。それくらいのことでどうして危険を冒してまで逃亡する奴隷がいるだろうか。

エリザベスも父親のジョンも、奴隷として生きることがどういうことか、理解できなかったのだろう。オーナが自由になりたい理由もわからない。そのうえ、ジョン・ラングドンは上院議員で、法律に従う義務がある。オーナ・ジャッジは逃亡奴隷で、所有者はワシントン夫妻だ。オーナはダイニングテーブルや馬と同じように、ワシントン夫妻の財産だ。すぐに大統領に知らせなければならない。

ジョン・ラングドンは友人でもある大統領にすぐに手紙を書いた。手紙はフィラデルフィアに着くまで数日かかった。ワシントン夫妻は夏をマウントバーノンで過ごして、ちょうどフィラデルフィアに戻ったところだった。すでに着いていたジョンの手紙をジョージが開封したのは、一七九六年八月二十一日のことだった。

ジョージはようやくオーナの居場所を突き止めることができた。

第二十章　オーナを連れ戻すために

一七九六年八月、マウントバーノンから戻ったジョージには、逃亡奴隷のオーナ・ジャッジを捕まえること以外にもしなければならないことがたくさんあった。

まず大事なことは、辞任の決意を国民に知らせることだった。ジョージがジェイムズ・マディソンの助けを借りて、最初に「辞任あいさつ」を書いたのは一七九二年のことで、そのときは一期で辞めるつもりだった。それから四年、大統領を二期務めて、ジョージは友人のアレクサンダー・ハミルトンの助けを借りて辞任発表の草稿をつくった。一七九六年九月十九日、フィラデルフィアの新聞クレイプール・アメリカン・デイリー・アドバタイザー紙がジョージの辞任を正式に伝えた。

国民の関心は、政治の世界や次の大統領になるのはだれかということに移った。ワシントン夫妻はこれでマウントバーノンへ戻る計画を立てられるはずだった。

しかし、オーナの件でそうはいかなくなった。インターネットのない時代であっても、大統領が若い女性の奴隷を捕まえることに血道を上げれば、だれの耳にも入る。国内の奴隷制をめぐる論争に油を注ぐことになるだろう。全人生を公職にささげてきたジョージは、建国以来国を二分してきた奴隷制の問題にはまってこれまでの評判を台なしにしたくはなかった。

同時に、ジョージは心底怒っていた。マーサはいらだっていた。最初は孫娘のイライザ、そして今度はオーナと、一年のうちに二度も若い女性にひどい目にあわされるとは。少し前に結婚したイライザはなにをするか予測不能だった。オーナには赤っ恥をかかされた。アメリカ国民は奴隷の逃亡があるたびに、奴隷は単なる財産ではなく人間なのだと気づく。たとえ大統領に仕え、いい服が着られても奴隷は奴隷だ。オーナの逃亡で証明されたのは、「慈悲深い奴隷所有者」なんていないということだ。いい服が着られようと着られまいと、奴隷でいるより自由でいたほうがいい。

法律を味方につけて、ジョージがオーナを捕まえたとしても、大統領としてのイメージには傷がつく。ジョージが大統領になって七年あまり、国民の意識は変わりつつある。奴隷制に対する意識ばかりではない。たとえば、憲法制定当時は、強い中央政府を望む連邦党とよばれる人たちが優勢だったが、ジョージが二期目に入ると、強い連邦政府をつくるよりも、各州にもっと強い権限を与えるべきだと主張する政治家が増えてきた。ジョン・ラングドンもそのひとりだった。

奴隷制の問題は解決されていなかった。一般的にいうと、北部は奴隷制廃止の意見が強く、南部は逆だった。オーナの逃亡で、ジョージは難しい立場に立たされた。オーナを捕まえようとすれば、国民のあいだに論争が起こるかもしれない。でも、捕まえなければ、オーナの勝ちだ。

ジョージが怒るのは、それがプライドの問題だからだ。

ワシントン夫妻は夏をマウントバーノンで過ごしたあと、オーナのことがあって、奴隷の数を減らしてフィラデルフィアに戻った。同行を許されたのは、すでに五十代後半になっていた子守りのモルと、パリスとジャイルズに代わって御者を務めるジョー・リチャードソンのふたりだけだった。手が足りないので、現地の白人を召使いとして雇った。これがマーサのいらいらの原因になった。白人召使いは、これまでの奴隷たちのように手際よく仕事をこなせない。特に、オーナの代わりができる者はいない。オーナ以外に、マーサの気分を予測し、怒っているマーサをなだめられる者はいない。マーサはオーナが自分を見捨てたとむきになって怒った。ジョージはアメリカでいちばんの権力者だったが、献身的な夫でもあった。マーサがオーナを取り戻したいと思えば、ジョージはオーナを取り戻さなければならなかった。

それでもジョージは計画に時間をかけた。オーナの逃亡はジョージ個人の問題というだけでなく政府の問題でもある。自分が大統領在任中に逃亡したのだから、政府の役人を使って捕まえることができるはずだ。財務長官のオリバー・ウォルコット・ジュニアに状況を説明すると、オリバーは協力すると答えた。ジョージは翌日、オリバーに手紙を書いて、オーナをバージニアに連れ戻したいと伝えた。

ジョージは書き進むにつれて、ますます腹が立ってきた。本当の子どものように扱ったんだ！　大統領官邸をいくつも経験させてやったんだ！　自分たちの私生活はあいつに全部知られてるんだ、われわれの部屋はドアひとつであいつの部屋とつながってるんだから！　一語ごとに指の動きが速まり、怒りが募った。

ジョージはオリバーに、オーナが家出したのは、フランス人の男にでも恋をして捨てられたからではないかと思うと伝えた。そんな事実はなかった。ジョージは女性についてもまちがった考えを持っていた。女性は男性より劣り、黒人女性はほかの女性よりさらに劣る。黒人女性は感情まかせに行動する。ひとりの頭で逃亡なんてできるわけがない。男にたぶらかされて逃亡したものの、捨てられて通りで物ごいしてるにちがいない。ジョージはそう考えていた。

オーナを見つけ出す以外になにができる？　オーナはあぶない目にあってるんだ！　とジョージは手紙に書いた。

ジョージはオリバーに、オーナの捕まえ方も指示している。まず、ポーツマスの税関吏ジョゼフ・ホイップルと連絡を取り、ジョゼフにオーナがどこでなにをしているかさぐらせる。わかったらオーナを捕まえて、「ただちにフィラデルフィアか、アレクサンドリア行きの船に乗せる。できればアレクサンドリア行きが望ましい」

憲法にある「適正な手続き」という文言を覚えているだろうか。ジョージ自身が署名してできた逃亡奴隷法のことはどうだろう。この法によれば、所有者のジョージはオーナを見つけた場合、オーナが逃亡した先のニューハンプシャー州の裁判官の前にオーナを連れていかなければならない。そしてそこでジョージは自分が所有者であることを証明してはじめて、オーナをニューハンプシャー州から連れ出すことができる。オーナにできることはほとんどないが、確実にひとつはある。ジョージがオーナを連れ戻したいのであれば、オーナは「適正な手続き」にのっとって、ニューハンプシャー州の裁判官の前に進み出ればいい。

だがジョージは、オーナを裁判官の前に出す気などなかった。自分が裁判官の前に進み出る気もなかった。つまり、ジョージはみずからつくった法律を破ろうとしていた。それだけではなく、オリバー・ウォルコット・ジュニアにも法律を破るよう指示している。

オリバーへの手紙の中で、ジョージはこの方法こそが、「もっとも安全で、費用のかからない方法」だと念を押した。オーナを捕まえて送り帰す費用は全額払うし、心から感謝すると、わざわざ書き足すことも忘れていない。たとえ法律違反をしようとも、大統領に悪く思われたいと思う人はいないだろう。

でも、税関吏ジョゼフ・ホイップルはちがった。

第二十一章　奴隷捕獲人の計画

ジョゼフ・ホイップルは大統領より少し若く、ずっとニューハンプシャーで暮らしてきた。ジョゼフは有名な一家に生まれた。兄のウィリアム・ホイップル・ジュニア将軍は、革命戦争を戦った兵士で、ニューハンプシャー州最高裁判所の陪席裁判官を務め、独立宣言に署名している。ホイップル家も十八世紀の半ば過ぎまで奴隷を所有していたが、一七八〇年代になると、革命戦争で戦った奴隷から順に解放している。

ジョゼフ・ホイップルはジョン・ラングドンの友人だった。ジョンが大統領に推薦したことで、ジョゼフはポーツマスの税関吏に任命される。ジョゼフもまた、一七〇〇年代に考えを変えた人物のひとりだ。ホイップル家が奴隷を解放したこと、また、強い連邦政府に疑問を持ち始めていたことから、ジョゼフは大統領からの協力依頼に心が乱れた。大統領がオーナの行為を苦々しく思っているのは明らかだった。

使用人というよりわが子同然に育て、接してきた（だけでなく、妻が連れ戻したいと強く望んでいる）奴隷の恩知らずな行為は、罰を受けずにすますべきではない。

大統領は「罰を受けずにすますべきではない」とホイップルに言っているが、本心は、「よくもわれわれを侮辱してくれたな、いくら自由になりたいとはいえ、罰を与えずにはおくものか」ということだ。

大統領からの依頼である。オリバー・ウォルコット・ジュニアがポーツマスでジョゼフ・ホイップルに大統領からの頼みを伝えると、ジョゼフはオーナの調査を引き受けると答えた。

ジョゼフはそれから数週間、オーナをさがした。まずは桟橋に出かけ、船の船長や商売をしている友人に、そばかすだらけの、もじゃもじゃ頭の若い黒人女性を見かけなかったかと聞いて歩いただろう。大統領官邸から逃げ出した奴隷だとは口にしなかったはずだ。でも、なんの手がかりもない。

そこでジョゼフは、オーナをおびき寄せることにしようと考えた。オーナはおそらくいい仕事をさがしているだろう。ポーツマスで自分のような有名人の家の仕事ほどいい仕事はないはずだ。ジョゼフは知人に、妻のハンナを助けて家事をしてくれる召使いが必要だ、と話を持ちかけた。おそらく友人宅でメイドや給仕をしている自由黒人に、仕事をさがしている人はいないか聞いてほしいと言ったにちがいない。

計画どおりにことは運んだ。すぐにオーナが応募してきた。ジョゼフの友人は、ジョゼフの人となりやホイップル家が有名だということをオーナに伝えたにちがいない。それでオーナは、この家ならかつてワシントン夫妻に仕えていたときと同じことをすればいいと思ったのだろう。これまでと変わらず一生懸命働けば、ずっと続けられる仕事になるかもしれない。この数か月は一時的な仕事しかなく、オーナはいくつも仕事を変えてきた。ほかの人と同じように、堅実で安定した仕事がほしかった。ホイップル家には奴隷がいないとわかったときにはうれしかったにちがいない。こんないい仕事がほんとうにあるわけないとオーナは思った。

だが、ほんとうにあったのだ。

すぐに面接を受けにジョゼフのもとに向かった。ジョゼフは待ち構えていたにちがいない。ワシントン夫妻が新聞に載せた逃亡奴隷の広告を念入りに読み、オリバー・ウォルコットと交わした会話を思い出していただろう。だが、オーナの到着を待ちながら、かつて自分の家で奴隷として働いていた男女のことも考えていただろう。

オーナは遠慮がちに、警戒しながらジョゼフの事務所に入り、裁縫や料理のことをたずねるジョゼフの人柄を見定めようとしていたはずだ。オーナはこの仕事につきたかった。だが、あれこれ聞かれるうちにおかしいと感じ始めた。なにか変だ。この人はやさしすぎる。

ジョゼフはと言えば、話せば話すほどオーナの人柄に引かれた。知性があるうえ、ほこり高い。それでもジョゼフは質問を続ける。ご主人はいますか？　では、大切な人は？　ひょっとしてフランス人男性とつき合っていますか？

オーナはこうした質問にどう答えたらいいかわからなかっただろうし、驚きもしただろう。この人はわたしのことを知っている。これは仕事の面接なんかじゃない。目の前にいるのは白人男性だ。えものをねらう奴隷捕獲人だ。オーナは口を閉ざし、構えた。腕っぷしが強く目をぎらつかせた、悪夢のような男たちが今にも入ってきて、わたしを捕まえ、みじめな奴隷の生活に連れ戻すにちがいない。

ジョゼフは、絶望感を必死に隠そうとするオーナを見つめている。ジョゼフは、オーナに感づかれたと気づく。面接のふりをしておびき寄せたことがばれてしまった。決めるのは自分だ。このまま大統領に言われたとおり、オーナを船着き場にひっぱっていって、いちばん近くの船に押しこむべきか？

それとも、自分自身の良心の声に耳を傾けるべきか？

ジョゼフは真実を話した。「ジョージ・ワシントンは、あなたがここにいるのを突き止めた。

わたしはあなたを捕まえて船に乗せるよう頼まれたんです」オーナはジョゼフを見つめていたにちがいない。次はなに？　鎖？　ロープ？　それともニューハンプシャーで使われている拘束具？

しかし、驚いたことにジョゼフは、「わたしはあなたの味方です、敵ではありません」と言った。「なぜ逃亡したのですか？　奴隷以外にも生きる道はあります」ジョゼフはオーナを物としてではなく人間として扱った。オーナはこれに勇気づけられた。考えに考えて、心の内を打ち明けた。「わたしはなにがあっても奴隷の生活には戻りません。売られたり、だれかにプレゼントとして贈られたりするのはまっぴらです」

奴隷に戻るくらいなら死んだほうがましです。

このことばを聞いた瞬間、ジョゼフの中で、「勇気を持て、賢くあれ、親切であれ」という子どものころの教えと、おぞましいが合法的な奴隷制という制度とがぶつかり合った。奴隷制では人間が人間とはみなされず財産とされる。しかも肌の色がちがうというだけで。ジョゼフは法律によって、逃亡奴隷のオーナを所有者の大統領に返さなければならない。大統領もオーナを捕まえたければ、同じ法律で要求されている面倒な手続きを踏まなければならない。ジョゼフは大統領がそれは避けたいと思っていることも知っている。

オーナもジョゼフも大事な局面をむかえていた。ジョゼフは妥協案を出した。ジョゼフは、ワシントン夫妻の死後、オーナが自由になれるよう、自分が大統領と交渉すると言った。つまり、オーナはニューハンプシャーでの仕事よりもはるかに喜びを感じられる仕事に戻れ、捕まる心配をしなくてもすむ。オーナはジョゼフを信頼しさえすればいい。

オーナはジョゼフの一言一句に耳を傾けた。「あなたの自由を保障できると言ってもいいくらいです」のことばにうなずく。「あなたのワシントン家での仕事は、ここでの仕事に比べたらお安いご用でしょう」図星というしかない。オーナは帰り際に、ワシントン夫妻のもとに戻ります、とジョゼフに伝えた。ジョゼフはほっとして、いすに座りなおす。オーナは丁寧に別れを告げた。

しかし、オーナは帰り道、頭を振った。いけない、わたしはわなにはまってしまった。わたしの決意はかたかったはずだ。将来の自由が約束されようがされまいが、わたしは二度と奴隷にはならない。もし大統領がわたしを取り戻したいというなら、力ずくですればいい。

もちろん、ジョゼフはそんなことを知るよしもない。オーナが帰ると、われながらよくやったと微笑んだことだろう。数日後、ジョゼフはオーナをフィラデルフィアまで乗せていく船を手配した。船がポーツマスの港に入ると、ジョゼフは、船が着いたとオーナに知らせた。オーナを船に乗せるまでが自分の仕事だと、ジョゼフは港で待つ。しかし、いくら待ってもオーナは来ない。船が出る時間になる。もう一度あたりを見回して、ジョゼフは、すっぽかされたと知る。オーナは船には乗らないつもりだ。

ジョゼフは船長に、船を出してくれと告げた。大統領はきっと憤慨するだろうし、オーナのおかげで自分は難しい立場に追いやられる。でも、ジョゼフは内心喜んでいたかもしれない。

ジョゼフはことの次第をオリバー・ウォルコット財務長官に手紙で知らせた。ジョゼフは役に立てず申しわけないと謝りはしたが、きっぱりと、フランス人男性などいなかった、オーナが逃亡したのは、ただ自由を望んだからだと伝えた。ジョゼフは、大統領夫妻がオーナに腹を立てるのを見越して、オーナが夫妻には感謝しかないと言っていたと、書き添えた。

解放されるのでなければ、オーナはワシントン夫妻のもとには戻らないとジョゼフは知った。そこで、ジョゼフは恐れることなくオリバーに（オリバーは大統領に手紙で伝えるだろうから）、段階的に奴隷を解放することが大統領の取るべき最善の方法だと伝えた。ジョゼフは合衆国初代大統領に、奴隷の解放を考えるべきだ、そして、解放するならまずオーナ・ジャッジから始めるべきだ、と進言したのだ。

ジョゼフはさらに続けて、ニューハンプシャー州の人々の考えは日ごとに変化していて、奴隷制の支持者はどんどん減少していることを知るべきだとも書いた。「ニューハンプシャー市民は、白人であれ黒人であれ、自分がつくった法律を破るような大統領を支持することはないでしょう。自由黒人は、オーナのような逃亡奴隷を、奴隷の身分に戻さないためならなんでもします。ここニューハンプシャーでは、万人が自由であることを望む傾向にあり、奴隷を所有者に戻すようなことはいたしません」

ジョゼフは手紙の最後に、もうこの任務から外していただきたいと書いた。「オーナと直接会ってわかったのは、オーナが自分から奴隷に戻ることはないということです。大統領は弁護士を雇うべきです。そうすれば、弁護士がニューハンプシャー州の弁護士と連絡を取り、この問題の対処法を考えてくれるでしょう。もしワシントン夫妻がオーナを取り戻したいと望むなら法律に従わなければならないし、法律に従えば、ニューハンプシャー州で高まっている奴隷制反対の気運に身をさらすしかないのです」

オリバー・ウォルコットはフィラデルフィアでジョゼフの手紙を受け取った。さぞかし驚いたことだろう。合衆国大統領にこうもはっきりものが言える人物がいたとは。オリバーは大統領に手紙をわたした。

大統領は不満だった。激怒した、というほうが正しい。

大統領はペンをとり、仲介役のオリバーを無視して、直接ジョゼフに長い手紙を書いた。

日付は十一月二十八日。オーナの逃亡から半年がたっていた。


だいたい奴隷と交渉するとはなにごとだ。たとえわたしが段階的、あるいは、全面的に奴隷制を廃止したいと考えていたとしても、裏切り行為に対して、まだ機も熟していない奴隷解放で報いるなど、政治的でもなければ公正でもない。


この部分は、ジョージの中で奴隷制に対する葛藤があったことを示している。トビアス・リアやラファイエット侯爵にあてた手紙と合わせて読むと、ジョージが奴隷制に対して徐々に確信を持てなくなっているのがわかる。

オーナはあきらかに、もう後戻りできないところに来ていた。オーナは大統領夫妻に無礼な態度を取った。大統領は、ジョゼフが奴隷と交渉しようとしたことに怒っている。大統領の考えでは、オーナの行為に弁解の余地はなく、自由を約束して許すことなどありえない。それなのにジョゼフには、「妻のマーサが『オーナを許す、オーナにもオーナの家族にも以前と変わらぬように接するつもりだ』と言っている。これは表面上、大統領がジョゼフに、すべては以前と同じだとオーナに伝えてほしいと言っているように見える。しかし、実際は、オーナが逃亡したから、マウントバーノンにいるオーナの親族すべてに苦痛を与えるぞという脅しにほかならない。こうするしか大統領にはオーナと交渉する方法はなかった。オーナが戻らなければ、オーナの家族が痛い目にあう。

手紙には続きがある。オーナが自主的に帰るのを拒み続けるなら、オーナをバージニアのアレクサンドリアか、建設中の新首都に向かう船に乗せよとジョゼフに指示している。すなわち、オーナをおぞましい奴隷制のまっただ中にまっすぐ送れというのだ。大統領はジョゼフに、「騒ぎを起こす」ことにもなりかねないので、暴力は使わないようにとも書いている。もうすぐ任期を終えるというのに、スキャンダルはごめんだ。どうかよく考えて行動してくれ。うまくやれば、オーナをすぐにも取り戻せる。「オーナを取り戻したいと切に願っている」妻のためにぜひとも頼む。

手紙の最後に大統領は完全に的はずれなことを書いた。

われわれとしてはオーナをここフィラデルフィアよりもバージニアに送ってほしい。われ

われはまもなくここを去るし、これまでわたしが言ってきたようにオーナが妊娠していることも考えられなくはないからね。

なぜジョージがそこまでオーナの妊娠を信じていたのかはわからない。オーナは妊娠していない。ジョージは予想外のことが起こるのが好きだったのかもしれない。あるいは、若い女性が大統領ともあろう人物の家を出たいあまり、家族のしあわせもなにもかもを危険にさらして逃亡する理由をほかに考えられなかったのかもしれない。もうひとつだけ考えられるとすれば、それはお金の問題だ。オーナは財産とみなされているから、もしオーナに子どもが生まれれば、その子もまたワシントン夫妻の財産になる。オーナが妊娠していれば、オーナの価値は上がり、母子合わせればもっとお金になるということだ。

それは推測に過ぎないし、妊娠の事実はなかった。

ジョゼフは何日もこの手紙をくりかえし読んだにちがいない。返信するまでに一か月もかかっている。十二月二十二日の手紙で、ジョゼフは事実を正確に書いた。「わたしは大統領の面目を保ち、かつ逃亡奴隷法を守らずにオーナをマウントバーノンに連れ戻そうと努力しました。つまり、国民に知られることなく、大統領がみずからつくった法律を破る手助けをするために尽力したのです。こっそりオーナをさがすことに同意したのはわたし自身ですから」そして、ジョゼフは、アメリカでもっとも尊敬されている人物に対して、とんでもない政治的助言をして手紙をしめくくった。「逃亡奴隷が増えるのを阻止する唯一の方法は、すべての奴隷を段階的に解放することではないでしょうか。あなたなら、この傾向を食い止めることができます。ただご自分の奴隷を解放すればいいだけのことですから」

ジョゼフはこの手紙を大統領に送って、ほっとできただろうか。

大統領は返信しなかった。おそらく大統領は、関税徴収官のジョゼフに対する自分の影響力はこんなものかと思ったのではないだろうか。アメリカ合衆国はまだ誕生から日が浅く、成長の過程にある。南部と北部の対立はまだ続く。何十年と公職にあったジョージは大統領職を辞任しようとしていたが、合衆国は子どもと同じように、ジョージの思いとは関係なく、これからも成長を続け、変化していく。今は、妻の望みもオーナへの怒りもわきに置いて、まずは国のことを考えなければならない。次期大統領にすみやかに権力を移譲しなければならない。

ほんのわずかの期間だが、オーナのもとに追手は来ない。

第二十二章　自分の人生を決める

ジョゼフ・ホイップルが大統領に手紙を書いた三日後、オーナはワシントン家を出てから最初のクリスマスを祝った。オーナにはポーツマスで知り合った新しい友人に高価な贈り物を買うお金はなかったかもしれないが、これまでのお礼にナッツかチョコレートなどは贈ったかもしれない。この一年、恐ろしいことも、うれしいことも、ありがたいこともあった。これからずっとマウントバーノンに残してきた親族のことを心配し続け、捕まる不安を抱えていかなければならないが、ジョゼフ・ホイップルが言ったように、オーナは「自由を渇望」してきた。今、オーナはニューハンプシャーのポーツマスで、働いてお金を稼ぎ、自分の意思ですべてを決めて生活している。自由な人にとっては当たり前のそんなことが信じられないくらいうれしい。でも、夢ではないのだ。

オーナは生まれてはじめて、自分の生活を自分で決められるようになった。自由黒人の多くがしているように家族も持てる。オーナはこの短い期間に、生涯をともに過ごしたいと思う男性とめぐり合った。ジャック（ジャックはジョンの別称）・ステインズという名の自由黒人の船乗りだ。

ワシントン大統領は、オーナが妊娠中にフランス人の恋人に捨てられたと主張していたが、考えるとこっけいだ。ちょうどそのころ、オーナは逃亡したあとにめぐり合った男性と結婚しようとしていたのだから。オーナはもうじゅうぶんに待った。オーナは夫がほしかった。いや、夫が必要だった。

建国当時のアメリカでは、女性の持参金目当てに結婚する男性もいた。オーナには持参金はないが、若いし健康だ。ふたりが結婚したいと思った理由はわからないが、オーナ・ジャッジは一七九七年はじめに、だれの指図も受けずに、自分で選んだ自由黒人の男性と法律にのっとって結婚した。あやうく結婚プレゼントにされそうになってから、まだ一年もたっていない。バージニアでは奴隷の結婚は認められていない。それが、こんな短期間にこんな大きな環境の変化を経験することになるとは。

ジャック・ステインズはずっと船に乗って働いていた。東海岸ぞいで生活する自由黒人の男性の多くがそうだった。船乗りの仕事は白人のする仕事ではないと考えられていて、ほかではまともな給料が得られない黒人男性には願ってもない仕事だった。海の上でも人種差別はあったが、海にいるほうが、町の中にいるよりずっといい。陸にいれば、奴隷捕獲人や誘拐犯に待ちぶせされて連れ去られ、奴隷として南部に売り飛ばされるからだ。

さらに、黒人船乗りの多くは、白人船乗りと同じ給料をもらえた。建国当時の自由黒人社会では、尊敬のまなざしで見られることがよくあった。ジャック・ステインズもほかの黒人船乗りも、航海から戻ると一括払いで給料をもらい、土地や家を買った。十八世紀末にそんなことができる黒人男性は、船乗り以外にはほとんどいなかった。

オーナは、黒人船乗りと結婚すれば、いろいろなことができると思った。生活も楽になり、子どもも持てる。夫の留守が長く、何週間も家にひとりでいなければならないこともわかっている。夫は、オーナが逃亡奴隷で、法的にはマーサ・ワシントンの財産であることをまず知っていたろう。そうした不都合な点はあっても、ふたりは友人たちの前で結婚し、当局にその結婚を証明してもらうことにした。

ジャックとオーナは一七九六年のクリスマス祝いに、ポーツマスの郡書記官を訪ね、結婚証明書を申請した。法にのっとり、まちがいなく州の法律で結婚を認めてもらいたかった。証明書があることは経済面でも重要だった。海の上でジャックに万一のことがあっても、オーナが法律上正式な妻ならば、ジャックに支払われるべきお金も、ジャックが購入していた土地もオーナのものとなる。

なんの問題もなく結婚証明書を受け取れればよかったのだが、オーナの人生はそう簡単に

PORTSMOUTH, Jan. 14.
MARRIED]—At Haverhill, (N. H.) Thomas Thompson, Esq. Attorney at Law, to the amiable Miss Eliza Porter, daughter to Col. Asa Porter, of said place.
In this town, Mr. John Staines, to Miss Oney Gudge.

1797年1月14日にニューハンプシャー・ガゼット紙に掲載された結婚広告で2組の結婚が報じられている。下2行にオーナたちのことが書かれている。

はいかない。ジョゼフ・ホイップルが、オーナの結婚のうわさを聞いたのだ。ジョゼフはオーナを尊敬してはいたが、義務として、オーナが大統領家からの逃亡奴隷だということを郡書記官に伝えた。その結果、事務手続きは遅れ、ポーツマスでは結婚証明書は受け取れないことになった。

ここに重要な点がふたつある。ひとつは、オーナとジャックはそれでもあきらめなかったことだ。もうひとつは、ジョゼフは郡書記官に真実を話しはしたが、オーナを無理やりマウントバーノンに送り帰しはせず、オーナが自由黒人として生きることを黙認したということだ。

オーナとジャックはあちこち訪ね歩いて情報を集め、結婚証明書を手に入れる方法を見つけた。ふたりはポーツマスから八キロほどはなれたグリーンランドという小さな町に行って、そこの郡書記官に必要書類を提出した。ジョージ・ワシントンの辞任あいさつがニューハンプシャー・ガゼット紙の一面に掲載されたのと同じ一七九七年一月十四日に、同じ新聞の片すみに、「この町で、ジョン・スティンズ氏、オーニー・ジャッジ嬢と結婚」と報じられている。

ふたりはポーツマス南教会で結婚し、オーナはオーナ・スティンズになった。ふたりはしあわせな家庭生活を（少なくともジャックが船に乗っていないときは）送っていたことだろう。一八〇〇年に行われたニューハンプシャーの調査によると、スティンズ家はジャックを家長に、ほかに三人が住んでいた。注目したいのは、住人に奴隷の記録がないことだ。ということは、オーナは自由黒人として通っていたことになる。建国当時の人口調査では、白人家庭については、住人の性別や年齢が詳しく書いてあるが、黒人に関しては、自由の身であるかどうかと、住人の数しか記されていない。

オーナとジャック以外のふたりがだれなのかはわからない。一七九八年と一八〇〇年に生まれている子どものことだろうか。それともだれか下宿人でも置いていたのだろうか。

オーナは妊娠中も働けるあいだは働いた。おなかはどんどん大きくなったが、床もみがき、重い水の容器も持ち上げた。一七九八年になって、元気な女の赤ちゃんを産んだ。夫妻はこの子にイライザと名づけた。オーナに逃亡を決意させた女性と同じ名だ。

イライザが誕生したことで、オーナは一市民としても一個人としても、大きなことをひとつ成しとげたことになる。オーナは自分で夫を選び、正式に結婚し、産みたいときに子どもを産んだ。オーナは夫とともにイライザを好きなように育てることができる。かつて母親のベティは、オーナを産んですぐにマーサ・ワシントンのために縫物の仕事に戻ったが、オーナは生まれたばかりのイライザをだれかにまかせて急いで仕事に戻らなくてもいい。

それでもオーナは自分が逃亡奴隷であることを忘れることはなかった。現行の法律では、オーナばかりか、生まれたばかりのイライザまで奴隷の身分を引き継がなければならない。イライザがポーツマスで生まれようと、父親が自由黒人であろうと、母親のオーナが奴隷なら、イライザも捕まれば奴隷にされる。オーナは、娘を守るためには、なにがあっても絶対に捕まるわけにはいかないと決意を新たにした。

第二十三章　あきらめきれず

一七九九年の時点では、オーナとジャック、そして娘のイライザはニューハンプシャー州ポーツマスでしあわせに暮らしていたようだ。いつも貧しく、働きづめだったが、なんとか生命、自由、そして幸福を追い求めていた。

ワシントン夫妻はまだオーナのことをあきらめきれずにいた。ジョージは公職を引退し、ずっと望んでいたマウントバーノンでの農園主の暮らしに戻っていたが、おそらくマーサにたきつけられて、オーナを連れ戻す任務を再開した。マウントバーノンこそオーナのいるべき場所だとジョージは信じていた。

ジョージはこの任務をマーサの甥であるバーウェル・バセット・ジュニアにやらせることにした。バーウェルはオーナより九歳年上の三十五歳だった。バーウェルはマウントバーノンを訪ねたときに、子どものころのオーナに会っている。バージニアの上院議員なので、ニューハンプシャーに「仕事で」行くと言えば、言い訳が立つとジョージは考えた。

ジョージはバーウェルに、ニューハンプシャーに着いたらまずジョン・ラングドンに会えと指示した。ジョンはもはや、オーナを奪還しようとしているジョージに協力することはないだろうが、ジョージはそんなふうには考えていなかった。時代は変わり続けていたのに、ジョージは奴隷制に対する人々の考え方も、政治家の考え方も変化していることに頓着することはなかった。ジョンは、連邦党（ジョージもそうだった）から民主共和党（当時トマス・ジェファソンが党首を務めていた政党）へと、所属する政党も変えていた。ジョージは知らぬふりを通した。ジョージは過去を乗り越えられないただひとりの人物だったようだ。オーナが逃亡してからすでに三年がたっているのに、ジョージはジョン・ラングドンの協力をあてにして、オーナはフランス人男性に「たぶらかされた」というばかげた主張をくりかえしていた。また、オーナに自由を要求させないという姿勢をかたくなに崩さず、そんなことをしたら「あしき前例」になるとまで手紙に書いている。

　バーウェルはニューハンプシャーに行き、ポーツマス滞在中実際にラングドン家に世話になっている。そこでバーウェルははじめて知ったのだが、ジョンはすでに政党を変えているだけでなく、憲法の奴隷に言及した部分（奴隷は五分の三人分とみなすとしている第一条第二節や、逃亡奴隷の引きわたしについて記した第四条第一節など）には賛成しかねると公言していた。ラングドン家の奴隷はすべて解放されたのち再雇用され、賃金をもらって働いていた。それなのにバーウェルは、オーナを捕まえようとしている自分やおじのジョージにジョンが協力しないのはなぜかと不思議に思った。ジョンは奴隷制反対運動の指導者というわけではないのに。バーウェルは、ポーツマスに着いた時点では、すぐにオーナを捕まえ、バージニアに送り帰せると踏んでいたにちがいない。オーナの居場所はわかっているのだから。

バーウェルはポーツマスに着くとすぐにオーナを訪ねた。このときの様子は想像がつく。二十六歳になっていたオーナは玄関にノックの音を聞く。一歳くらいの娘のイライザが近くでよちよち歩きをしている。夫のジャックは航海中だ。オーナはジャックの航海にも慣れ、ジャックの帰りを心待ちにしている。だれが来たのかしら？　自由黒人の友だち？　白人の友だち？　だれかがお使いに行きたいからって子守りを頼みに来たのかしら？

オーナはドアを開ける。そこにいたのは友だちではなく、現実となった悪夢だった。目の前にいるのは、子どものころから知っている男。ジョージもマーサもあきらめてはいなかった。まだ追いかけてくる。

オーナは恐怖で身をすくめ、とっさにイライザを抱き寄せる。バーウェルと顔を合わせるのは何年ぶりだろう。ドアを開けなきゃよかった。

バーウェルはマウントバーノンを出る前にジョージに言われたとおりのことを言う。「自分からバージニアに戻るなら、今回の不始末を罰することはありません」バーウェルは乱暴な口はきくまいと努める。しかし、乱暴な口をきいたほうがよかったし正直だっただろう。必要があればオーナも娘も乱暴に扱うつもりでいたのだから。

「いっしょに来ていただけますか?」バーウェルはできるだけ丁寧に言ったかもしれない。オーナはバーウェルを見つめる。幼い娘の体温にオーナは気持ちを強くする。どのくらい時間がたったろうか。オーナはバーウェルにひとことときっぱりと答える。

「いいえ」

生まれながらの南部人バーウェルは、奴隷の女と交渉しなければならないことに心底腹を立てていたにちがいない。だが、オーナはてこでも動かない。

バーウェルは怒りをぐっとこらえ、甘いことばでオーナをつろうとする。「ワシントン夫妻は、あなたがマウントバーノンに着きしだい、解放すると言っています」オーナにはわかる、そんなのはうそだ。でも、じっと立ったまま、バーウェルのことばを聞く。バーウェルは続ける。「騒ぎにならないように、そっとマウントバーノンにお送りします。あなたの家族はまだマウントバーノンにいるじゃないですか。あなたがいなくなってマーサはすっかり落ちこんでいます、だってあなたほどできた奴隷はいないんですから。マーサはあなたに会いたがっています!　あなたを必要としているんです!」

バーウェルはあたりを見まわし、オーナのいちばん痛いところを突く。「いっしょに来さえすれば、あなたも娘さんもニューハンプシャーで貧しい暮らしをしなくていいんです」

バーウェルは話し続ける。オーナは覚悟を決める。オーナはバーウェルの目をまっすぐ見つめ、きっぱり言う。

「わたしは自由の身です。奴隷の身分に戻るつもりはありません」

第二十四章　間一髪の逃亡

バーウェルは、天地がひっくり返るような衝撃を受けた。開いた口がふさがらない。オーナは法的には自由ではない。でも、オーナを連れ戻すのは思ったより難しそうだ。オーナとバーウェルはたがいににらみ合ったにちがいない。オーナは赤ん坊を抱いたまま身構えている。バーウェルの頭の中では奴隷制に関するさまざまな考えが駆けめぐっている。長い沈黙のあと、バーウェルは帽子をとって別れを告げ、ステインズ家をあとにする。

バーウェルの訪問に恐怖を抱いたオーナは、娘も自分自身も全力で守り抜くとさらに強く決意する。

ラングドン家に帰るバーウェルはひと足ごとに怒りが募る。奴隷制についての北部の感情は南部とはちがうということはわかった。だが、オーナがバーウェルと対等な口をきいたことには、腹が立った。もしバージニアで、奴隷が主人にオーナのような口をきいたら、すぐに厳しく罰せられるだろう。バーウェルは、オーナに侮辱されたと強く感じたが、それを表に出すことはなかった。しかし、あきらめたわけではなかった。

ラングドン家に戻ったバーウェルは、オーナにバージニア行きを拒否されたとジョンに伝えた。このころにはもうショックから立ち直っていた。なにがあっても、オーナをポーツマスから連れ戻す。

ラングドン上院議員は難しい立場に立たされていた。選挙で選ばれた議員としては、国の法律を守らなければならない。逃亡奴隷のオーナを他州の所有者ジョージに戻さなければならない。道徳的信条を別にしても、難しい判断だ。国の法律に従うか、奴隷制反対に傾きつつある自州の住民の考え方を支持するか、あぶない橋をわたることになる。

オーナの運命は宙ぶらりんだった。だが、またどこからともなく救いの手が差し伸べられた。バーウェルがまた戻ってきて、力ずくでオーナとイライザを船に乗せようとしていると教えてくれる人がいた。ラングドン上院議員その人だった可能性もあるが、ラングドン家で働く自由黒人だったかもしれない。とにかくその知らせはすぐにオーナのもとに届いた。

翌日のうちに、バーウェルは、手伝ってくれそうな友人数人に声をかけた。オーナが抵抗したときには、オーナとイライザを押さえこんでもらうつもりだ。バーウェルとしては、騒ぎになることは避けたいが、最悪、オーナがかたくなに拒み続けたら、バーウェルと友人たちでオーナの腕や足をしばり、赤ん坊の口をふさぎ、力ずくで荷車の荷台に押しこむほかない。

バーウェルは、これはワシントン夫妻のためだけではなく、南部のためでもあると思っていた。まちがいなく船はすでに港に停泊していて、まっすぐバージニアのアレクサンドリアに向かう準備はできている。あとはオーナを捕まえるだけだ。

バーウェルはオーナの家に着き、ドアをノックする。最初はとんとんと静かに。友人たちは近くに待機している。返事がない。もう一度ノックする。今度は少し強く。でも、返事はない。バーウェルはやむなくオーナの家に押し入る。

だが、そこにはだれもいなかった。オーナもイライザも消えていた。

当時は電話も車もＧＰＳもなく、オーナを追跡することはできない。バーウェルにはポーツマスに自由黒人の知り合いはいないから、オーナの行き先についてのヒントをくれる人もいない。いなかの州のことで、オーナが隠れる場所は無数にあるように思える。バーウェルは負けた。

オーナはバーウェルの計画を知ると、近くの農場に行き、馬番の少年にお金を払って、イライザとともに馬車で近くのグリーンランドまで連れていってもらった。グリーンランドはポーツマスから五マイルほどはなれた町で、オーナとジャックが結婚証明書を手に入れたところだ。馬車は、自由黒人のフィリス・ジャック、ジョン・ジャック夫妻の家に着いた。夫妻はオーナとイライザを快く迎えた。アメリカでは、国の理想に法律が追いついていなかったが、ジャック夫妻のように、自分のことはさておいて、相手のことだけを考えて行動する人が大勢いた。オーナのしたこともまた、自由というもっとも基本的な人権を追求し続けた結果の、勇敢な行為だった。

第二十五章　ワシントン夫妻の死

一七九九年十二月十二日、ジョージ・ワシントンはいつものとおり馬に乗って、マウントバーノンを回った。ジョージは雨でも雪でもあられでも、一日のほとんどを外で過ごした。その日は予定より遅く家に戻ったが、夕食に遅れるのはいやだと、ぬれた服のまま、家族といっしょに夕食をとった。夜じゅう雪はやまず降り積もった。ジョージは具合が悪くなった。喉が痛み始め、痛みが増すと、やがて声帯がはれて、声がかすれてきた。いつもの晩なら新聞を読むが、それもせずにベッドに入った。

眠れない。マーサは医者をよびたかったが、ジョージが止めた。ふたりは、家事奴隷のキャロラインが夜明けに暖炉の火を入れに来るのを待って、助けをよびに行かせた。まず秘書のトビアス・リアが来た。トビアスは、ジョージが呼吸も苦しいほど病状が悪化しているのを見て驚いた。喉の痛みを和らげようと、糖蜜とバター、酢を混ぜ合わせた民間療法の飲み物が運ばれてきたが、濃すぎて、ジョージは飲みこむのもままならず、窒息しそうになった。

ジョージの長年の友人で医師のジェイムズ・クレイクがほかのふたりの医者を連れてやってきた。できるかぎりの治療を試みたが、病状はよくはならない。ジョージは力をふりしぼってマーサをベッドわきによび、書斎に保管しておいた遺書二通を持ってこさせた。それぞれを吟味し終わると、一通をマーサにわたし、暖炉で燃やすように指示した。まだ話ができたので、秘書のトビアスをよび、帳簿を整理し、借金を清算するようにと遺言した。

一七九九年十二月十四日、ジョージ・ワシントンは亡くなった。看取ったのは妻のマーサと、友人や医師たち、それに四人の奴隷だった。

マーサに残した遺書を見ると、ジョージが奴隷制について悩んでいたことがよくわかる。自分が直接所有している百二十三人の奴隷については、妻マーサの死後すぐに解放すべし、ジョージの死後すぐに解放すると、奴隷の家族を苦しめることになると書いている。マウントバーノンの奴隷のうち百五十三人はマーサの最初の夫である故ダニエル・パーク・カスティスの遺産としてマーサが引き継いだものだ。夫婦で奴隷という場合も多くあるから、ジョージの奴隷だけがすぐに解放されると、ジョージの奴隷とカスティス家の奴隷がいる家族は解放された者とされない者が同居することになり、問題が起こるのではないかとジョージは考えたのだ。

ジョージの遺言でみなが驚いたのは、年老いた奴隷と、両親を亡くした子どもの奴隷にジョージが特別なはからいをしたことだ。もう働けなくなり、自分で食べていけない年老いた奴隷には、解放後も「十分な衣服と食料」を与えなければならない。子どもの奴隷は二十五歳までは使用人として働かなければならないが、そのあいだに、「読み書きを教え、職業につけるよう教育する」としている。

ジョージの遺言によって、ジョージの死後すぐに解放されたのは、忠実な従者のウィリアム・リーだけだった。ジョージに献身的に仕えたウィリアムには死ぬまで年三十ドルと衣食が与えられた。

マーサはジョージの死を悲しんでいたが、自分が生きているあいだはジョージの百二十三人の奴隷は解放されないのだとすぐに気づいて、自由になれない奴隷たちに殺されるのではないかと不安になった。奴隷たちは「マーサを消すのがおまえたちのためだ」とだれかに吹きこまれているのではないだろうか。一八〇〇年になると、マーサを不安にさせることが次つぎ起こった。マウントバーノンの建物に火がつけられ大火事になったこともある。これがきっかけで、マーサは自分が死ぬまでジョージの奴隷を解放せずにおくことはできないと思い、ジョージの遺言には従わず、一八〇一年一月一日、ジョージの奴隷を解放した。

ニューハンプシャーにいたオーナも初代大統領の死を知ったにちがいない。でも、捕まるのではないかという不安が和らぐことはなかっただろう。オーナはマーサやマーサの相続人の所有物で、ジョージの所有物ではないからだ。オーナはそのことをいつも肝に銘じていた。

マーサが奴隷を自由にすることはないし、孫たちに奴隷を解放するように言うこともない。

一八〇二年五月にマーサは死んだ。オーナは自分が法律的には自由になれないことを承知していたが、心は自由だ。

第二十六章　自由な人生を生きぬいて

この本が作り話なら、「オーナはその後しあわせに暮らしました」と書いて終わるところだ。ジョージもマーサも死んだ。オーナは遠くはなれたニューハンプシャーに暮らしている。でも、この本は作り話ではない。しあわせなときもあったが、オーナのニューハンプシャーでの暮らしは苦難の連続だった。

人口調査の記録や、本人が晩年に新聞記者に語ったところによると、オーナにはイライザのほかに、一八〇〇年生まれのウィリアムと、一八〇二年生まれのナンシーという子どもがいた。一八〇〇年代はじめのオーナは、結婚して子どもが生まれて、喜びをかみしめながら生きていた。しかし、オーナも夫ジャックも常に貧乏という現実と戦っていた。オーナは、ジョージ・ワシントンがはじめて大統領に選ばれたとき、ニューヨーク市で白人召使いといっしょに働いたことがあるが、その召使いと同じくらい貧しかった。いつもお金に困っていた。オーナは幼い娘や息子の面倒を見ながら、できるかぎりメイドとして働いた。ジャックは何週間も何か月も海の上で過ごした。家族が生き延びるのに必要な賃金を一括でもらうためだ。

夫ジャックが一八〇三年に死ぬと、オーナはふたたび持てる力をふりしぼり、家族を養う道をさぐった。ジャックがなぜ死んだかはわからない。一八〇三年五月三日のニューハンプシャー・ガゼット紙に死亡広告が出ているだけだ。

近所にメイドをさがしている家があったが、子どもたちを仕事に連れていけないことがわかって、オーナはあきらめた。ほかの働き口も同じだった。メイドの求人はあっても、どこも赤ん坊のいるメイドはおことわりだ。オーナはバーウェル・バセットがオーナの戸口に現れたときに、自分とイライザをかくまってくれたジャック家にふたたび世話になることを決めた。ジャック家には妻のフィリスに夫のジョン、ナンシー、フィリスというふたりの娘がいた。

一八〇三年、オーナは三人の子どもをかかえて、ジャック家に戻った。ところが、ふたたび悲劇に見舞われる。夫が死んで一年しかたっていない一八〇四年十月、今度はフィリス・ジャックが死んだ。家こそあるが、ふたつの家族は一文無しに近い状態で、まともな葬式もしてやれなかった。埋葬の費用は近所の人が出してくれた。

ふたつの家族は力を合わせ、なけなしの金をかき集め、家を守り、食料や衣服を手に入れた。しかし、困窮している黒人家庭はどこもそうだが、限界だった。オーナはやむなく娘のイライザとナンシーを近くにあるネイサン・ジョンソンの農場に八か月預けた。イライザとナンシーに食事と住居を提供する代わり、ネイサンは町当局から三十五ドルを受け取る。オーナの娘たちはジョンソン家六人の召使いとして、農場や家の中で働かされる。同じころ、ひとり息子ウィリアムは船乗りになるため家を出たようだ。ウィリアムがグリーンランドで暮らすことはできなくなっていたのだ。オーナはなんとかウィリアムに服や食事をと奮闘していたが、ウィリアムはひとり立ちを決意した。ウィリアムは東海岸で船乗りとして働くために家を出たまま、ニューハンプシャーに戻ることはなかった。オーナは、フィリスの娘ふたりと、フィリスの夫ジョンと暮らした。

一八一七年にはジョン・ジャックも亡くなる。娘のイライザとナンシーは戻ってきたが、家計は相変わらず火の車だ。五人の女性たちは、いくらかでも収入が得られるならと、どんな仕事でもした。ナンシーとイライザには絵の才能があることがわかり、ふたりはおとなになると、ポーツマスの裕福な家にスケッチを売るようになった。これは大いに家計の足しになった。いつの時代も、女性は安定を手に入れようとすると手っ取り早く結婚するが、オーナとその娘たち、ジャック家の娘たちの五人の女性にはその機会はなかった。オーナは再婚しなかったし、若い四人は一度も結婚していない。アンテベラム（南北戦争前）の時代は五人の女性たちにはほとんど変化がない。五人が住む小さな家は古く傷みが出始めていた。屋根があるだけありがたかったが、貧しさからは抜け出せなかった。

苦しみはさらに続く。子どもに先立たれることを願う親などどこにもいないが、オーナはそういう運命だった。イライザが長い闘病の末、一八三二年に三十四歳で亡くなり、ナンシーも翌年に、やはり病気で亡くなった。一八〇〇年代のはじめには、すぐに治る治療法などないに等しく、あったとしてもオーナ母子のように貧しい女性にはとうてい手が出なかった。オーナと娘はこれまでさまざまな困難と戦いながら生きてきた。飢えの心配、奴隷労働、いつ現れるかも知れない奴隷捕獲人。オーナは必死に生きてきたが、六十歳くらいになって、またひとりになってしまった。

オーナはさまざまな苦難を経験して生きぬいてきた。勇敢な決意をして、国でいちばんの権力者に反旗をひるがえした。大事な人たちを次つぎに亡くした。人生のもっとも苦しい時期を乗り越えられたのは、神を信じ、キリスト教に帰依することができたからだ。

ニューハンプシャーに逃げてきたころ、オーナはポーツマスにあるサミュエル・ヘイブン牧師の南教会に通い始めた。その後、一八〇二年にポーツマスにやってきた巡回牧師の説教を聞いて、バプティスト教徒となった。ジャック家に移ってからは、一マイル（約一・六キロメートル）ほどしかはなれていないストラットハムのバプティスト教会に通っていたのではないだろうか。オーナは字を読むことができるようになっていて、くりかえし聖書を読んで、天国で愛する家族と再会できるという、キリスト教の教えをかたく信じた。

数十年後、トマス・アーチバルド牧師がオーナのもとを訪ねたのは、おそらくオーナがストラットハムのバプティスト教会に通っていたからだろう。アーチバルド牧師は、奴隷制に反対の立場をとる「グラニット・フリーマン」（グラニットとは花崗岩のこと。花崗岩がとれることで有名なニューハンプシャー州の愛称）という新聞に、オーナについての記事を載せたいからインタビューさせてほしいと頼んできた。オーナはすでに七十歳を超えていた。フィラデルフィアから逃亡して四十九年ほどがたち、オーナはようやく話をするときが来たと思った。

この「グラニット・フリーマン」のインタビューや、その後の「リベレイター」という新聞のインタビューで、オーナは自分の過去を語った。グラニット・フリーマンのインタビュー記事が掲載されてから一週間後、この新聞には『アメリカの奴隷、フレデリック・ダグラス自叙伝』（邦訳は『数奇なる奴隷の半生―フレデリック・ダグラス自伝』）と題する自伝が出版されたという記事が掲載された。フレデリック・ダグラスも逃亡奴隷で、すばらしい本を書き、アフリカ系アメリカ人の平等を求める活動で有名になった人物だ。

子どもを亡くし、年をとったオーナを奴隷に戻すことはもうできない。オーナはようやくカスティス家に連れ戻される心配をしなくてもよくなった。オーナはアーチバルド牧師の質問に、「しわの刻まれた顔に微笑みを浮かべて」答えている。オーナはジョージ・ワシントンの宗教心に疑問をいだいていた。「ワシントン夫人は祈りの文句を読んではいましたが、あれは祈りとよべるものではありません」と言っている。また、ワシントン家をはなれたことを後悔しているか、特に、ニューハンプシャーに来て以来、苦しみや悲しみに満ちた人生を経験した今、どう思っているか問われ、毅然として、そして、正しいことを勇敢に実践した女性らしく、賢くも冷静に、「いいえ。おかげで、わたしは神の子になることができたと思いますから」と答えている。

一八四七年一月一日にリベレイター紙にインタビューが掲載され、それを読んだ何千人というアメリカ人がオーナのことを知った。それによってオーナは、南北戦争以前に黒人の自由を求める戦いに身を投じた人物として記憶されることになる。それから一年あまりたったころ、ジョージ・オーデルという医者がジャック家を訪ねた。住んでいるのはオーナ・ステインズとナンシー・ジャックの二人だけだ。オーデルは七十五歳近くなったオーナを診察した。だが、どんな治療もうまくいかなかった。

第二十六章　自由な人生を生きぬいて

一八四八年二月二十五日、オーデル医師がジャック家を訪ねてから十一日後、オーナ・マリア・ジャッジ・ステインズは奴隷捕獲人の手にかかってではなく、愛する神によってこの世から連れ去られた。

エピローグ

オーナは決して後悔していなかった。いくら貧しくても、悲しくても、家族にずっと会えずにつらい日々を過ごしていても、七十余年の人生のうち約五十年を自由な人間として生きた。みずから選んだ道だった。自由の身になることで、自分が選んだ男性と結婚し、産みたいときに子どもを産み、働いて賃金を得ることができた。信仰の喜びも経験することができた。一七九六年、自由への扉をこじ開け逃亡したオーナは、自由を勝ち得たが、同時に、それは苦しみの始まりでもあった。

オーナは自由をもぎ取ったが、そのせいで、オーナのまわりの人の中には不自由な思いをした人もいる。マーサ・ワシントンにとっては、一七九六年の夏は楽しいものではなかった。マウントバーノンに帰るにしても、頼りにしていたオーナはいない。オーナは、マーサやワシントン家に仕えるより一秒でも早く逃亡することを選んだ。マーサは怒っていた。子どものように扱ってきたのに、逃げるなんて図々しいにもほどがある、親切にしてやったのだから感謝するのが当たり前ってものでしょ！

マーサはもともと、オーナに限らず黒人はみな恩知らずだと思っていた。オーナの逃亡のほぼ一年前に、姪にあてた手紙に書いている。「黒人というものは性根が悪いものと見える。どんなに親切にしてやってもまったく感謝しないのだから」

オーナが逃亡したという知らせは、マウントバーノンの奴隷たちに希望を与えた。マーサはそのことに気づいて、いっそう腹を立てたのだろう。さらに困ったことに、結婚した孫娘イライザに、まもなく子どもが生まれる。イライザは夫のトマスとともに、連邦市に引っ越す予定だった。なんとしてもオーナに代わる、人間の姿をした「結婚プレゼント」を見つけなければならなかった。

マーサは奴隷たちを見回し、またとないオーナの代わりを見つけた。オーナと同じように物覚えが早く、品があった。かんしゃく持ちのイライザにもうまく対応できるだろう。

オーナの妹で十六歳のフィラデルフィアが目をつけられた。イライザの結婚祝いに選べば、逃亡したオーナへの仕返しにもなる。

もちろんニューハンプシャーにいるオーナは、マーサのたくらみなど知るよしもない。電話が発明されるのは百年近くも先のことだ。建国まもないアメリカでは、新聞や手紙、会話でしか、情報を伝えることができなかった。オーナは、ジョージ・ワシントンが退任したとか、ジョン・アダムズが次の大統領に選ばれたとか、一七九九年にジョージ・ワシントンが死去したといった大きな出来事については知っていただろう。

ナンシー号に乗りこみニューハンプシャーに向かったとたんに、マウントバーノンにいる親族との接触はなくなったはずだ。もし妹のフィラデルフィアがイライザ夫妻のところへ連れていかれたと知ったら、悲しんだにちがいない。しかし、オーナもマーサもジョージも、フィラデルフィア本人さえも予測できなかったことがまもなく起こる。オーナがもぎ取った自由をフィラデルフィアも手に入れる。

十七歳になっていたフィラデルフィアは夫妻とともに引っ越した。奴隷は人生の一大事にも自分の意見を言うことはできない。フィラデルフィアも例外ではない。家族を残して引っ越すしかない。家族にはもう二度と会えないかもしれない。しかし、マウントバーノンの出身者でひとりだけ再会できた人がいる。再会しただけでなく、やがて結婚することにもなるその人の名はウィリアム・コスティン。ウィリアムは、マーサ・ワシントンの血縁で、オーナがやっと押し開けた自由という扉を、大きく開いた人物でもある。

ウィリアム・コスティンはマウントバーノンでフィラデルフィアに会ったことがある。おそらくオーナのことも知っていただろう。ウィリアムも混血だが、マウントバーノンの奴隷台帳には載っていない。きわめてめずらしく、衝撃的な出自だからだ。マーサ・ワシントンの父ジョン・ダンドリッジは、アメリカ先住民の母とアフリカ系アメリカ人の父を持つ奴隷に娘を産ませた。娘はアンと名づけられ、母親のちがうきょうだいマーサといっしょに、バージニアのニューケント郡にあったダンドリッジ家の屋敷で育った。ウィリアム・コスティンはそのアン・ダンドリッジの息子だ。確かではないが、ウィリアムの父親は、マーサの最初の結婚で生まれた息子のジャッキー・カスティスだという証言もある。事実なら、ウィリアムはマーサの甥でもあり孫でもあるということになる。

ウィリアム・コスティンはマーサ・ワシントンが一八〇二年に亡くなったあと、一八〇〇年代の早い段階でジョージタウンに移った。マーサの一族も友人たちも、マーサの死を悼んでいた時期だ。マウントバーノンにいた奴隷たちは戦々恐々としながら運命の日を待った。マーサが所有していた奴隷たちは、家族をばらばらにされ、相続人に振り分けられる。

マーサが自分の死後に奴隷たちを解放したかったとしても、不可能だった。マーサの最初の夫ダニエル・パーク・カスティスは遺言を残さなかったので、法律の上では、ダニエル所有の奴隷たちは、自動的にダニエルの相続人たちのものとなる。マーサは生きている間、奴隷たちを自由に使うことができた。だが、子どもを全員亡くしていたマーサが死ぬと、奴隷たちは孫たちに引き継がれる。マーサがこの法律に異論を唱える理由はなかった。奴隷は一族の富を維持するために必要だったからだ。マーサは奴隷労働によって大きな利益を得ていたが、愛する孫たちも、マーサと同じように奴隷を働かせて富を得ることができる。マウントバーノンの奴隷たちは、マーサの孫たちがそれぞれに財産（奴隷）を引き継げば、家族がばらばらになることもあるとわかっていた。

マーサには四人の孫がいた。最年長のイライザは四十三人の奴隷を相続した。フィラデルフィアもそのひとりだった。フィラデルフィアの価値は八十イギリスポンドとされた（当時のイギリス庶民の年収が三十〜六十ポンドとされていることから、現在の日本円に換算すると数百万円になるのではないだろうか）。次に年長のマーサ・カスティス・ピーターは四十八人、ネリー・カスティス・ルイスは三十三人、「ウォッシー」ことジョージ・ワシントン・パーク・カスティスは三十六人の奴隷を相続している。運のいいことに、オーナの家族はばらばらにされることなく、みなウォッシーの所有となった。一八〇二年、ウォッシーはバージニアのアーリントンにある家で暮らしていた。オーナの長姉ベティは、三人の娘たちとアーリントンに行くことができた。兄オースティンの妻であるシャーロットは、ふたりの息子、ふたりの娘をそばに置くことができた。

なぜウィリアム・コスティンがジョージタウンに居を構えたかは正確にはわからない。おそらく新首都は、ウィリアムのように知的で先見の明のある人にとっては宝の山だったからだろう。あるいは、ふるさとバージニアでは、奴隷制についての議論がかつてないほど激しくなっていたからかもしれない。革命戦争が終わってから南北戦争が始まるまで、自由を求める黒人奴隷と、奴隷制を維持したい白人アメリカ人（とりわけ南部に住む白人たち）のあいだで、ずっとにらみ合いが続いていた。

こうした一触即発の状態に拍車をかけたのが、反逆精神とでもいうべきものだった。それは革命戦争の名残であるだけでなく、ハイチの奴隷蜂起や、バージニア州リッチモンド近くで計画された奴隷の反乱にも影響を受けていた。

一八〇〇年のジョージタウンには二千人近い黒人が住んでいたが、そのうち三百人ほどは自由黒人だった。アレクサンドリアには三百五十人の自由黒人がいた。マウントバーノンは首都ワシントンから南へ二十マイル（約三十二キロメートル）ほどしか離れていないが、こうした不穏な時期には、ポトマック川をはさんで向こう側にあるジョージタウンのほうが、自由黒人には住みやすいとウィリアムは思ったのかもしれない。

ウィリアム・コスティンは心のおもむくままにジョージタウンに移ったとも考えられる。

ウィリアムは自由黒人で、フィラデルフィアはまだ奴隷だったが、ふたりは一八〇七年には結婚している。
オーナは知らなかったはずだが、フィラデルフィアとウィリアムは幸せな結婚生活を送ったようで、二十五年以上におよぶ結婚生活のなかで、八人の子どもをもうけている。この点は、フィラデルフィアの所有者であるイライザと大きくちがう。だれも驚かないが、イライザとトマスの結婚は長くは続かなかった。祖母マーサの死からそれほどたっていない一八〇四年にふたりは別居し、一八一一年に離婚した。娘エリザベスの親権はトマスのものとなり、イライザはバージニアのアレクサンドリアの小さな家に引っ越した。離婚がめずらしい時代で、法的には妻の財産でも夫が管理していた。夫妻の奴隷たちがどうなったかはわかっていない。

イライザ夫妻の生活が激変しても、フィラデルフィアの私生活は順調だった。コスティン夫妻は一八〇七年にはすでに二歳のルイーズと四か月のアンというふたりの子どもがいた。ウィリアム・コスティンはワシントン銀行で、比較的収入のよい用務員として、二十五年以上働いた。黒人にも白人にも尊敬されていた。

イライザの夫トマス・ローは義理の祖父ジョージ・ワシントン同様に、奴隷制についての考えをだんだんと変えていった。もともとトマスは奴隷制廃止論者ではなく、アメリカにいるあいだは奴隷の労働から利益を得ていたが、時代の流れに影響を受け、行動を起こした。

一八〇七年六月十三日、イライザの同意を得て、フィラデルフィア・コスティンを解放したのだ。代わりに一ドルを受け取っている。フィラデルフィアのふたりの娘ルイーズとアンも解放された。

同じころオーナには三人の子どもがいた。だが、法律上は三人ともまだカスティス家の孫たちの財産だったし、生涯その状況は変わらなかった。

首都ワシントンでは、ウィリアム・コスティンがほかの黒人たちに先駆けて、自分のやり方で富を得、黒人たちの自由のために行動していた。ウィリアムはこのころの黒人社会では、もっとも有名な人物のひとりで、生涯にわたって不動産を購入し、富を蓄えた。自由黒人の身分だったので、権利拡大を目指しておおっぴらに戦い、いまだ奴隷のままでいる人たちを助けた。このことが重要な意味を持つのは、奴隷制の問題をめぐって、いたるところで緊張が高まっていたからでもあるし、コロンビア特別区（首都ワシントン）政府が一八〇八年に、「黒人取締法」というひどい政策を決定したからでもある。

黒人取締法では、黒人は、夜十時以降は外出できないことになっている。もしこの決まりを破れば、本人、あるいは所有者が罰金を払わなければならない。首都での自由黒人の数が増えるにつれて、コロンビア特別区政府は制限をもっと厳しくしようと考えた。一八一二年までには、自由黒人全員が登録し、自由許可証を常に携帯しなければならなくなった。

最悪なのはこのあとだ。特別区の新区長は一八二一年までに新たな規則を導入した。自由黒人は善良であることを示す推薦状を白人住民三人に書いてもらい、それを提出しなければならなくなった。さらに、品行方正を誓う証拠として、二十ドルの「治安保証金」を特別区に払わなければならなくなった。ウィリアム・コスティンは耐えかねて、大胆にも特別区政府を訴えた。開かれた裁判でウィリアムは、「アメリカの憲法には、肌の色で人を差別せよとは書かれていない」と訴えた。

ウィリアムは勝訴し、治安保証金を払う必要はなくなった。でも、ひとりが裁判に勝っただけで、治安保証金も黒人取締法もそのままだった。

ウィリアムは別の方法を考えた。いくら裁判で戦っても、黒人全員が救われないのなら、法律を逆手に取る。ウィリアムはみずから法律上の奴隷所有者になることにして、男女を問わず奴隷を購入した。多くはマウントバーノンの奴隷たちだった。

購入の手続きが済むとすぐにウィリアムは奴隷を解放した。

一八二〇年代、オーナはニューハンプシャーの森の中で、貧しい暮らしをしていた。夫のジャックはすでに亡くなっていた。オーナは、マウントバーノンにいる家族が元気に暮らし

1800年の首都ワシントン。この年ホワイトハウスが完成し、政治の中心はフィラデルフィアから新首都に移った。ジョージ・ワシントンはこれを見届けることなく亡くなった。

ているだろうかと、心配していたにちがいない。子どもたちを自分の親戚に会わせてやりたいと思っていたことだろう。オーナは義理の弟がオーナの家族を解放したことも、妹夫婦がオーナにはとても考えられないような自由で満ち足りた暮らしをしていることも知ることはなかった。

しかし、年老いてからインタビューを受けたオーナの口調からは、心穏やかな様子が伝わる。オーナはアメリカじゅうで変化が起きていることに気づいていたかもしれない。後の世代の黒人たちはもっといい暮らしができると信じていたのかもしれない。オーナが勇気をもって最初の一歩を踏み出した道の先に、妹フィラデルフィアの解放だけでなく、奴隷全員の解放があった。

新聞インタビュー

ニューハンプシャー州コンコード市　一八四五年五月二十二日木曜日

ワシントン家からの逃亡奴隷

　ワシントン将軍の家から逃亡した奴隷は現在、ニューハンプシャー州ロッキンガム郡の援助のもと、グリーンランドという片田舎の町に暮らしている。逃亡時の名前はオーナ・マリア・ジャッジだった。本人は逃亡した年を正確には覚えていないが、ワシントン大統領の二期目の任期が終わろうとするころにフィラデルフィアから逃げてきたと話していることから、一七九七年のはじめころにちがいない。ワシントン夫人の侍女だった彼女は取り立ててつらい思いをしていたわけではない。なぜ逃亡したのかと問われ、ふたつ理由をあげている。自由になりたかった。そして、大統領夫妻が亡くなった場合、夫妻の孫である女性の財産になることがわかり、そうはなりたくないと思った。

　オーナはジョン・ボウルズが船長を務める船に乗り、ニューハンプシャー州ポーツマスに向かった。「わたしを船に乗せたことで船長が罰せられることのないように、数年前船長が

亡くなるまで、わたしはその名を決して口にしませんでした」と語っている。逃亡奴隷を助けたとして、裁判長から「奴隷どろぼう」と宣告され、手に刻印を押されたジョナサン・ウォーカーという人物がいる。もし、オーナが船長の名を明かしていたら、ジョナサン・ウォーカーと同じ運命をたどっていただろう。

オーナはポーツマスに着いてしばらくして、スティンズという黒人の船乗りと結婚し、数人の子どもをもうけたが、夫も子どもたちもすでに亡くなっている。

ワシントンは二度にわたってオーナを取り戻そうとしている。最初はバセットという男性をオーナのもとに送って、戻るよう説得させたが、オーナはバセットがなにを言っても首を縦に振らなかった。

次にワシントンは、力ずくでオーナと幼子を連れ戻すよう命じて、もう一度バセットをオーナのもとに送った。バセットは、知人のラングドンの家に宿泊し、ワシントンから与えられた任務を打ち明けた。善良なラングドンは、奴隷制に反対する新しい考え方の持ち主だったにちがいない。バセットを手厚くもてなす一方で、オーナに真夜中までに町を出るようにと知らせている。オーナはラングドンの言葉に従って身を隠し、追っ手を振り切ることができた。その後まもなくワシントンは死に、オーナは、「もう二度と追っ手に悩まされることは

なくなりました」と語っている。

どのように逃げたのかという問いに、オーナはこう答えている。「ほかの人たちがバージニアへ戻る荷造りをしているときに、わたしは逃亡するために荷物をまとめていました。行き先はわかりませんでした。バージニアに戻れば、自由を得ることはできないと思ったのです。フィラデルフィアの黒人社会に友だちがいて、荷物を預かってもらっておいて、夫妻が食事をしているすきに家を出ました」

オーナは自分の年齢を正確には知らないが、おそらく八十歳近いのではないだろうか。肌の色はあまり濃くなく、白人といっても通るくらいだ。小柄で、二度のまひ発作のために体は不自由だが、しゃんとしていて、品がある。

ここまでの話はこの地域ではよく知られていることで、まず正確だと考えられる。おそらくまた捕まることを恐れて、オーナはずっとだれにも言わずにきたのだろう。しかし、もう捕まることはない。すでに年をとっていて、奴隷としての価値がなく、お金をかけてさがしても合わないからだ。

オーナは教育もなく、ためになる宗教上の教えも知らなかったが、ワシントンが祈るのを聞いたことはなく、ワシントンに祈る習慣があったとは思えないと語る。「夫人はよく祈祷

書を読んでいましたが、それはお祈りとはよべません」逃亡してから、字が読めるようになったおかげで、オーナは「救いにいたる智恵を与えられた」と確信している。

ワシントン家を出てから、奴隷のときよりもきつい仕事に耐えなければならず、逃亡したことを後悔していないかと問うと、オーナは、「いいえ、わたしは自由の身になれましたし、神の子になれたのですから」と答えている。

わたしは、オーナの年老いて見えにくくなった目に灯る炎のような輝きを忘れない。しわの刻まれた顔に浮かぶ微笑みを忘れない。

GRANITE FREEMAN

Washington's Runaway Slave.

There is now living, in the borders of the town of Greenland N. H., *a runaway slave of* GEN. WASHINGTON, *at present supported by the County of Rockingham.* Her name, at the time of her elopement was ONA MARIA JUDGE. She is not able to give the year of her escape but says that she came from Philadelphia, just after the close of Washington's second term of the Presidency, which must fix it somewhere in the first part of the year 1797. Being a waiting maid of Mrs. Washington, she was not exposed to any peculiar hardships. If asked why she did not remain in his service, she gives two reasons, first, that she wanted to be *free*, secondly, that she understood that after the decease of her master and mistress, she was to become the property of a granddaughter of theirs, by the name of Custis, and that she was determined never to be *her* slave.

グラニット・フリーマン紙に掲載(けいさい)された、オーナ・ジャッジのインタビュー記事の最初の部分。

年表	
1731年6月7日	マーサ・ワシントン、バージニアに生まれる
1732年2月22日	ジョージ・ワシントン、バージニアに生まれる
1738年ころ	オーナの母ベティ、生まれる
1757年ころ	オーナの異父兄オースティン、バージニアに生まれる
1759年1月6日	ジョージとマーサ、マウントバーノンで結婚
1769年ころ	オーナの異父兄トム・デイビス　マウントバーノンで生まれる
1771年ころ	オーナの異父姉ベティ・デイビス、マウントバーノンで生まれる
1773年―74年ころ	オーナ・マリア・ジャッジ、マウントバーノンで生まれる
1774年9―10月	第1回大陸会議がフィラデルフィアで開催される
1775年4月19日	レキシントン・コンコードの戦い（革命戦争の最初の戦い）始まる
1775年5月	第2回大陸会議がフィラデルフィアで開催される
1775年6月15日	ジョージ・ワシントン将軍、大陸軍総司令官に任命される
1776年7月	独立宣言がフィラデルフィアで採択される
1780年ころ	オーナの異父妹フィラデルフィア、マウントバーノンで生まれる
1780年3月1日	段階的奴隷制度廃止法がペンシルベニア州で可決される
1783年9月3日	パリ条約が調印され、イギリスとアメリカの戦争が終結し、アメリカの独立が認められる
1783-84年	オーナ、ワシントン夫妻の邸宅によばれ仕事を始める
1787年5―9月	憲法制定会議がフィラデルフィアで開催される
1789年4月30日	ジョージ・ワシントン、アメリカ合衆国初代大統領に就任する
1789年5月	オーナ、マーサ・ワシントンに同行してニューヨークへ行く

年表

1790年11月	オーナ、ワシントン夫妻とともにフィラデルフィアに行く
1793年2月	議会が逃亡奴隷法を成立させる
1794年12月	オーナの兄オースティン、メリーランド州ハーフォードで死亡
1795年1月	オーナの母ベティ、マウントバーノンで死亡
1796年3月	マーサの孫娘イライザ、トマス・ローと結婚
1796年5月21日	オーナ、フィラデルフィアから逃亡
1796年秋	ジョゼフ・ホイップル、オーナを説得してワシントン夫妻のもとに連れ戻そうとする
1797年1月	オーナ、ニューハンプシャー州でジャック・ステインズと結婚
1797年3月	ジョージ・ワシントン、大統領を辞任
1798年ころ	オーナ、長女イライザを産む
1799年秋	バーウェル・バセット・ジュニア、オーナを連れ戻そうとする
1799年12月	ジョージ・ワシントン、マウントバーノンで死亡
1800年ころ	オーナ、長男ウィリアムを産む
1802年ころ	オーナ、次女ナンシーを産む
1802年5月	マーサ・ワシントン、マウントバーノンで死亡
1803年	オーナの夫ジャック・ステインズ、死亡
1807年6月	オーナの異父妹フィラデルフィアで解放される
1845年5月	オーナのインタビュー記事がグラニット・フリーマン紙に掲載される
1847年1月	オーナのインタビュー記事がリベレイター紙に掲載される
1848年2月25日	オーナ・マリア・ジャッジ・ステインズ、ニューハンプシャー州グリーンランドで死亡

Picture Credits

P11 Bridgeman/PPS通信社
P13 Courtesy of Mount Vernon Ladies' Association
P20 Bridgeman/PPS通信社
P37 Courtesy of the Collection of the New-York Historical Society
P38 Mary Evans/PPS通信社
P44 Bridgeman/PPS通信社
P52 Album/PPS通信社
P53 Bridgeman/PPS通信社
P55 Courtesy of the Historical Society of Pennsylvania.
P57 Alamy/PPS通信社
P67 Schomburg Center for Research in Black Culture, Photographs and Prints Division, the New York Public Library(1789-03-30)
P78 Lithograph by William L. Breton. From John Fanning Watson's Annals of Philadelphia(1830). Courtesy of the Historical Society of Pennsylvania.
P96 Schomburg Center for Research in Black Culture, Manuscripts, Archives and Rare Books Division, New York Public Library. 1910.
P107 Courtesy of Miriam and Ira D.Wallach Division of Art, Prints and Photographs: Print Collection, New York Public Library.
P122 Courtesy of the Library Company of Philadelphia.
P126 Courtesy of the Historical Society of Pennsylvania.
P132 Courtesy of the New York Public Library Digital Collections.
P133 Courtesy of the Library Company of Philadelphia.
P161 Courtesy of the New Hampshire Historical Society.
P193 Courtesy of the Library of Congress.
P199 Courtesy of the New Hampshire Historical Society.

著———エリカ・アームストロング・ダンバー
ラトガーズ大学のチャールズ＆メアリー・ビアード歴史学教授。また、フィラデルフィア図書館会社のアフリカ系アメリカ人の歴史部門の責任者を務める。2008年に最初の著書である“A Fragile Freedom”(脆弱な自由)が出版された。2017年に出版されたノンフィクション“NEVER CAUGHT”（捕まるものか）は全米図書賞のファイナリストとなった。本書はこの“NEVER CAUGHT”を若者向けに書き直したものである。

著———キャサリン・ヴァン・クリーヴ
ペンシルベニア大学で文芸創作法と映像制作を教える。数冊の著書がある。そのうちの1冊“Drizzle”は『緑の霧』（ほるぷ出版）として日本でも出版されている。家族とともにペンシルベニア州在住。

訳———渋谷弘子（しぶやひろこ）
東京教育大学文学部卒業。27年間県立高校で英語を教えたのち、翻訳を学ぶ。主な訳書に、『席を立たなかったクローデット』『ぼくが5歳の子ども兵士だったとき』『セルマの行進』（以上 汐文社)、『忘れないよリトル・ジョッシュ』『君の話をきかせてアーメル』（ともに文研出版)、『いたずらっ子がやってきた』（さ・え・ら書房）などがある。群馬県在住。

装丁　小沼宏之

表紙イラスト　シャドラ・ストリックランド

わたしは大統領の奴隷だった
ワシントン家から逃げ出した奴隷の物語

2020年12月　初版第1刷発行

著	エリカ・アームストロング・ダンバー キャサリン・ヴァン・クリーヴ
訳	渋谷弘子
発行者	小安宏幸
発行所	株式会社 汐文社 東京都千代田区富士見1-6-1 富士見ビル1F　〒102-0071 電話03-6862-5200　FAX03-6862-5202
印刷	新星社西川印刷株式会社
製本	東京美術紙工協業組合

ISBN978-4-8113-2816-4